네가 보고 싶어서
바람이 불었다

네가 보고 싶어서 바람이 불었다

초판 발행 2012년 11월 12일

초판 11쇄 2018년 07월 25일

지은이 안도현

발행인 이진곤

발행처 도어즈

출판등록 제 312-2011-000006호(2011년 2월 25일)

주소 경기도 파주시 문발로 405 제2출판단지 씨앤톡 사옥 3층

전화 02-338-0092

팩스 02-338-0097

홈페이지 www.seentalk.co.kr

E-mail thedoors7@naver.com

ISBN 978-89-97371-03-7 03810

안도현 아포리즘

네가 보고 싶어서
바람이 불었다

차례

001+

삶은 너무 가볍다

도대체 삶이란 무엇인가?

삶이란 무엇인가?

물어도 물어도 알 수 없어서 자꾸 삶이란 무엇인가, 삶이란

무엇인가 되묻게 되는 것이 삶이다.

삶, 답이 없다.

그래도 견뎌야 하는 것이 삶이다

삶이란 견딜 수 없는 것이다.

삶이란 그래도 견뎌야 하는 것이다.

거슬러 오른다는 것은 지금 보이지 않는 것을 찾아간다는 뜻이다. 꿈이랄까, 희망 같은 것 말이다.

힘겹지만 아름다운 일이다. 거슬러 올라가기 때문에.

인생에 있어서 아름다운 것은 열일곱 살이나 열여덟 살쯤에 발생한다.

어른이란 열일곱, 열여덟 살에 대한 지루한 보충 설명일 뿐이다. 하지만 그 나이를 지난 후에는 다시 그 나이로 돌아갈 수 없다.

인 생

인생을 한마디로 정의하기는 쉽지 않다.

너무 거창하게 생각해서일 것이다.

인생을 간단하게 정의하면, 짬뽕 국물을 숟가락으로 함께 떠 먹는 일과 같다. 이 정의가 인생을 표현하는 데 적당하지 않 다고 누가 말할 수 있는가.

거지도, 병든 노인도, 장사꾼도 이 세상에서 가장 중요한 것 이 무엇인지를 모르고 있다.

대체로 인간들이란 별로 중요하지 않은 일에 아등바등 매달 려 살아가고 있다. 이를테면 먹고, 마시고, 입고, 잠자는 일 에 너무 많은 시간과 욕망을 쏟아 붓고 있다.

삶이란 무엇인가

자전거를 타고 오르막길을 힘겹게 오를 때 저기 저 고갯마루까지만 오르면 내리막길도 있다고 생각하며, 조금만 더, 조금만 더 가 보자, 자기 자신을 달래면서 스스로를 때리며 페달을 밟는 발목에 한 번 더 힘을 주는 것.

읽어도 읽어도 읽어야 할 책이 쌓이는 것.

오래전에 받은 편지의 답장은 쓰지 못하고 있으면서 또 편지가 오지 않았나, 궁금해서 우편함을 열어 보는 것.

무심코 손에 들고 온 섬진강 작은 돌멩이 하나한테 용서를 빌며 원래 있던 그 자리에 살짝 가져다 놓는 것.

날마다 물을 주고 보살피며 들여다보던 꽃나무가 꽃을 화들짝 피워 올렸을 때 마치 자신이 꽃을 피운 것처럼 머릿속이 환해지는 것.

온몸이 꼬이고 꼬인 뒤에 제 집 처마에다 등꽃을 내다 거는 등나무를 보며, 그대와 나의 관계도 꼬이고 꼬인 뒤에라야 저렇듯 차랑차랑하게 꽃을 피울 수 있겠구나, 하고 깨닫게 되는 것.

사과나무에 매달린 사과는 향기가 없으나 사과를 칼로 깎을 때 비로소 진한 향기가 코끝으로 스며드는 것처럼, 텃밭에 심어 놓은 마늘은 매운 냄새를 풍기지 않으나 도마에 놓고 다질 때 마침내 그 매운 냄새를 퍼뜨리고야 마는 것처럼, 누구든 죽음을 목전에 두면 지울 수 없는 향기와 냄새를 남긴다는 사실을 어느 날 문득 알게 되는 것. 그리하여 나의 맨 마지막 향기는 과연 어떤 것일까, 하고 곰곰 생각해 보는 것.

꼬리 한쪽을 떼어 주고도 나뒹굴지 않는 도마뱀과 집게발을 잃고도 울지 않고 제 구멍 속으로 들어가는 바닷게를 보며 언젠가 돋아날 희망의 새 살을 떠올리는 것.

지푸라기에 닿았다 하면 금세 물처럼 몸이 흐물흐물해지는 해삼을 보며, 나는 누구에게 지푸라기이고 해삼인지 반성해 보는 것.

넥타이 하나 제대로 맬 줄 몰라 열 번 스무 번도 넘게 풀었다가 다시 매면서 아내에게 수없이 눈총을 받으면서도, 넥타이를 맬 때마다 번번이 쩔쩔매는 것.

식당에서 맛있게 음식을 먹고도 음식을 날라다 주는 아주머니한테 택시비 하시라고 오천 원을 주어야 할는지 만 원을 주어야 할는지 망설이다가, 한 번도 은근하고 멋있게 주지 못해 그 식당에 갈 때마다 미안한 마음을 가지고 있는 것.

술값 계산을 하고 나서도 소주 한 병 값을 더 내지 않았나 싶어 이리저리 머리로 계산기를 두드려 보는 것.

공중전화 부스에 말끔한 전화 카드 한 장이 놓여 있으면 혹시라도 새것인가 싶어 카드 투입구에 속는 셈 치고 한 번 밀어 넣어 보는 것.

평생 시내버스만 타던 사람은 택시 기본요금이 얼마인지 몰라서 택시 한번 타기가 머뭇거려지고, 평생 택시만 타던 사람은 시내버스 요금이 얼마인지 몰라서 시내버스 한번 타기가 머뭇거려지는 것.

초등학교 앞을 지나갈 때 운동장에서 체육복을 입고 정구공처럼 통통 튀는 아이들을 보며 가슴이 통통 뛰는 것.

쓰레기봉투로도 써먹지 못하고, 시원한 물 한 동이 퍼 담을 수 없는 몸뚱이 하나 때문에 땀을 뻘뻘 흘리며 개고기를 뜯는 것.

물구나무를 서야 바로 보이는 세상이 있는 것처럼, 뒤집어 놓았을 때 진실이 보이기도 하는 것.

내가 한 바가지의 물을 쓰면 나 아닌 남이 그 한 바가지의 물을 쓰지 못하게 됨을 아는 것.

여름날 저녁에 온 식구가 손톱에 봉숭아물을 들인 뒤에 첫눈이 오는 겨울 저녁을 기다리는 즐거움으로 사는 것.

겨울 밤, 가끔씩 서로 가려운 등을 긁어 주는 것.

가끔씩은 서로 싸리나무 회초리가 되어 차륵차륵 소리가 나도록 때리기도 하는 것.

— 　떠나고 싶을 때 떠날 수 없고 머물고 싶을 때 머물 수 없으나, 늘 떠나고 싶어지고 늘 머물고 싶어지는 것.

바깥으로는 따뜻하고 부드럽고, 안으로는 차갑고 단단한 것.

— 　단칸방에 살다가, 아파트 12평에 살다가, 24평에 살다가, 32평에 살다가, 39평에 살다가, 45평에 살다가, 51평에 살다가, 63평에 살다가 82평에 살다가…… 문득 단칸방을 그리워하다가, 결국은 한 평도 안 되는 무덤 속으로 들어가 눕는 것.

도대체 삶이란 무엇인가? 삶이란 무엇인가? 물어도 물어도 알 수 없어서, 자꾸 삶이란 무엇인가, 삶이란 무엇인가 되묻게 되는 것.

사는 방식

사람은 사람대로 사는 방식이 있고, 풀은 풀대로 사는 방식
이 있다.

또한 풀들도 서로 경쟁하고 시기하고 질투하며 일생을 보낸
다. 잎이 넓은 풀은 자기의 그늘을 더 많이 확보하려고 잎이
넓은 것이며, 그 끝이 날카로운 풀은 외부의 간섭으로부터
자신을 지켜내기 위해 날을 세우고 있는 것이다. 사람이든
풀이든 얼마나 현명한가. 아니, 얼마나 예리한가.

힘이 세다는 건 스스로 힘이 세다고 말하지 않을 때 진정 힘
이 센 것이다. 힘이라는 것은 자기 자신한테는 보이지 않는다.

작은 것이 아름답다

여름날 산과 들이 온통 푸르름으로 가득 차게 되는 까닭은 아주 작은 풀잎 하나, 아주 작은 나뭇잎 한 장이 푸르름을 손안에 움켜쥐고 있기 때문이다.

겨울날 눈 덮인 들판이 따뜻한 이불처럼 보이는 것은, 아주 작은 눈송이들이 서로서로 손을 잡고 어깨를 기대고 있기 때문이다.

연약해 보이는 작은 것들이 모이고 모여서 아름답고 거대한 풍경화를 만들어 내기 때문이다.

반얀나무의 슬픈 이야기

반얀나무는 인도를 대표하는 수목 중 하나다. 이 나무는 지표층이 얕은 토양에서도 잘 자라는 특성이 있기 때문에 황무지 같은 땅 인도를 여행하다 보면 곳곳에서 눈에 뜨인다. 참으로 보기 드물지만 거대한 숲을 이룬 아름드리 반얀나무 군락이 있는가 하면, 길가에 가로수로 심어져 있는 볼품없는 반얀나무도 있다.

뿌리가 약한 반얀나무는 쓰러지지 않기 위해 제 팔뚝에서 다시 땅으로 뿌리를 내리는 특이한 습성이 있다. 수백, 수천 갈래의 뿌리들이 가지에서 땅으로 내려와 흙을 움켜쥐어야만 비로소 흔들리지 않는 나무가 되는 것이다.

폭풍우가 몰아치던 날 밤, 나는 낡은 버스를 타고 여행을 하다가 사나운 바람한테 머리채를 휘어 잡힌 채 울고 있는 반얀나무들을 보았다. 아직 땅에 닿지 못한 실뿌리들을 치렁치렁 가지에 매달고 있는 그들이 문득 이 지상에서 가장 쓸쓸하고 슬픈 나무라는 생각이 들었다.

지금도 반얀나무를 생각하면 허공에 늘어져 있는 그 쓸쓸하고 슬픈 뿌리가 먼저 떠오른다. 그리고 나는 지금 나의 뿌리를 어디에 내리고 있는가, 내가 나에게 슬쩍 물어보고 싶어진다.

정해진 길

기차는 아무리 빨리 달려 봤자 멀리는 못 간다. 정해진 시간
표에 따라 빨리 달릴 뿐이다. 기차는 정해진 길밖에 갈 줄 모
른다.

아침마다 풀잎 끝에 매달리는 이슬이 얼마나 영롱한지, 그리
고 뽕나무에 열리는 오디의 빛깔이 얼마나 검고 윤이 나는지
기차는 알 수가 없다. 그건 정해진 길만 달리기 때문이다.

그 사실

나사못 하나가 기관차를 달리게도 하고 멈추게도 한다. 아주 작은 나사못 하나가 중요하다. 나사못이 기관차를 끌고 간다. 철길이 비밀스럽게 눈을 덮고 있는 것은 기관차한테 없는 길을 찾아보라는 뜻이다. 철길은 기관사를 속이지 않는다. 하지만 기관사가 그 사실을 깨닫는 데는 많은 시간이 흘러야 한다.

장점과 약점

기차는 빠른 것은 비행기를 따르지 못하고, 정확한 것은 사람의 손을 따르지 못한다. 그리고 안전한 것은 마차에 비교할 수도 없다. 또 대량 수송에서 화물선을 따르지 못하고, 편리한 것은 자동차를 따르지 못할 뿐더러, 쾌적한 환경이야 바다를 따를 수 없다.

장점이 결국은 약점이라는 걸 아는 데는 오랜 시간이 걸린다.

뾰족한 돌무더기를 이룬 돌멩이들은 정작 중요한 사실을 까마득하게 모르고 있다. 그것이 무엇이냐 하면, 돌무더기의 높이가 높아갈수록, 고통 위에 또 다른 고통이 쌓여갈수록 그들의 몸뚱이가 점점 가늘어져 간다는 것이다.

두려움

언젠가는 정지한다는 것을 알면서도 날아다니는 삶, 그게 비
행기의 운명이라면 운명이다.

그럼에도 비행기가 두려워하는 게 딱 하나 있다. 그것은 지
상에서 쏘아 올리는 미사일도 아니고, 모든 것을 한꺼번에
빨아올리는 회오리바람도 아니다. 그를 하늘에서 언젠가 떨
어뜨리고야 말 가장 두려운 적은 바로 시간이다.

손수건 한 장의 감동

선물을 건네는 마음보다 선물의 크기나 질을 먼저 따지는 세태 탓인지, 누구에게 손수건을 준 지도 받아 본 지도 꽤 오래된 것 같다. 나는 교직에 몸담고 있을 때 아이들한테서 자주 손수건 선물을 받곤 하였다.

어느 해였던가. 내 생일을 어떻게 알아낸 아이들이 제각기 하나씩의 자그마한 선물을 준비해서 조회시간에 생일 축하 노래를 불러 준 적이 있었다. 그날 아침에 나는 어린 까까머리 중학생들의 소행이 괘씸하도록 예뻐서 적잖이 감동을 받으며 아이들 앞에서 포장지를 하나씩 벗겼는데, 선물의 태반이 손수건이었다.

포장지 안에는 평소에 나에게 못 다한 말을 적은 쪽지 편지도 한 장씩 들어 있었다. 그 편지에 적힌 사연들과 손수건의 무늬를 번갈아 보면서 나는 가르치는 일의 행복이란 이런 것인가 싶어 가슴이 찌릿찌릿거리는 것을 느낄 수 있었다.

그때의 아이들이 벌써 성큼 성장해서 이따금 "선생님 시간 나시면 소주나 한잔하시지요." 하고 전화를 걸어온다. 그러면 나는 또 그날 아침의 수십 장의 손수건을 생각하곤 한다.

손수건은 그저 한 장의 헝겊 조각에 지나지 않는다. 하지만 그 얇고 가벼운 것이 사람과 사람 사이에서 오래도록 잊혀지지 않는 사랑과 맹세와 믿음의 증표가 되기도 한다.

중세 유럽에서 기사도가 한창 꽃피던 시절에는 귀부인들이 사랑하는 기사들에게 손수건을 선물로 주었다고 한다. 언제 목숨을 잃게 될지 모를 전쟁터에 나갈 때, 기사들은 반드시 그 손수건을 갑옷 속에 소중히 간직하고서 출정했다. 그 손수건에는 기사들이 싸움에 꼭 이기고 돌아오기를 비는 간절한 염원이 담겨 있었던 것이다.

서양뿐만이 아니라 우리 역사에도 이와 비슷한 손수건에 얽힌 이야기가 전해 내려온다. 임진왜란이나 동학농민전쟁 때 우리나라 장정들은 아낙들이 준 삼베수건이나 흰 무명수건을 이마에 질끈 동여매고 싸움에 참여하곤 하였다. 이 머리띠는 땀을 닦는 역할을 하는 동시에, 동지애를 확인하고 승리의 결의를 새롭게 다지게 만드는 역할을 하였을 것이다. 지금도 생존권 문제로 집단의 의견을 알리기 위한 집회나 시위에 머리띠가 곧잘 사용되는데, 아마도 이런 우리 역사의 유산인지도 모른다.

요즘은 염색 기술이 발달해서 백화점에 가면 온갖 빛깔의 손수건들이 우리의 눈길을 사로잡는다. 그리고 손수건을 만드는 천의 종류도 면에서부터 실크까지 헤아릴 수 없을 만큼 다양해졌다. 하지만 뭐니 뭐니 해도 손수건의 빛깔은 흰색 계통이 제격이 아닌가 싶다. 흰 손수건은 이별의 뜻으로 건네는 것이라 하지만, 사랑하던 이들이 이별할 때 손수건 한 장을 주고받는 그 행위야말로 사랑의 또 다른 이름이 아니던가.

그런데 요즘은 주위를 둘러보면 손수건을 가지고 다니는 사람들이 전보다 부쩍 줄어들었다. 나도 가방을 가지고 다니지 않을 때는 손수건 챙기는 것을 곧잘 잊어버린다. 여성들이나 나이가 지긋한 어른들은 그래도 손가방이나 주머니 속에 손수건을 꼭꼭 잘 챙기는데, 젊은이들은 손수건을 귀찮아한다. 우리 시대가 일회성의 시대, 일회용의 시대라는 게 여기서도 드러나는 게 아닐까. 한 번 쓰고 버리는 일회용화장지의 사용 빈도수가 늘어나면서 손수건은 우리의 손에서 멀어지고 있는 것이다.

그리하여 손수건의 의미마저 점점 빛을 잃어가고 있다는 생각이 든다. 손수건을 사랑의 증표로보다 이별의 표시로 대하는 이들이 더 많은 것도 그런 까닭인 것 같다. 손수건을 건네주면서 사랑을 고백할 일도, 또 다짐할 일도 없이 우리는 하루하루를 보내고 있지는 않은가. 헤어질 때 헤어지더라도 눈물을 아는 사람, 눈물을 닦아도 일회용 화장지가 아닌 손수건에 닦을 줄 아는 사람, 그리하여 그 눈물의 흔적을 두고두고 추억으로 간직할 수 있는 사람, 그런 우직하고 순박한 사람들이 더욱 그립고 귀하게 느껴지는 때이다.

꽃은 꽃대로, 별은 별대로

교훈을 받아들이는 일만이 삶의 전부는 아니다.

하지만 우리는 단풍잎들이 강을 수놓고 있는 것을 보면서도
교훈을 생각하고, 이름 없는 꽃을 하나 발견하더라도 식물도
감부터 뒤적인다. 그 꽃이 몸에 해로운지 이로운지를 먼저
알고 싶어 하기 때문이다.

별을 바라보면서도 교훈이 될 만한 일을 찾을지도 모른다.

꽃은 꽃대로 아름답고 별은 별대로 아름답다는 것을 모르는
것이다.

고통이 왜 아름다운 것인지, 상처가 왜 아름다운 것인지는
관심도 없다.

꿈

사람들은 절망과 맞닥뜨리면 누구나 길이 없다고 말한다. 정말 길이 없을까? 아니다. 길이 없다고 생각하는 사람 앞에 길은 절대로 나타나지 않는다. 반드시 길이 있을 거라고 믿는 사람 앞에만 없던 길도 생기는 법이다.

벽은 높고, 두텁고, 강하고, 오만한 것처럼 보이지만, 이 세상 어떤 벽도 하늘 위까지 막혀 있진 않다.

이 세상에 넘지 못할 벽은 없다. 아니 오히려 뛰어오르라고, 도전하라고 벽은 높이 솟아 있는 것이다.

정말 중요한 것은 눈에 보이지 않는다. 눈에 보이지 않는다고 해서 그 중요성이 작아지지는 않는다.

꿈이 하나 있다. 도시의 아파트처럼 높고 빛나는 시가 아니라, 겉으로 보기에는 낡았으나 오래도록 풍상을 겪고 나서도 의연한, 흙집 같은 시를 쓰고 싶다. 그런 꿈을 꾼다.

느낌표를 붙여요

내가 아는 시인 한 사람은 말 첫머리에 감탄사를 붙이는 버릇을 가지고 있다. 그 시인을 처음 만나는 사람은 감탄의 횟수가 너무나 잦은 그이의 말버릇 때문에 고개를 갸웃거릴 정도다. 남들이 그저 덤덤하게 여기는 일조차도 그이는 매우 감동스러워하는 경우가 많다. 그이를 보면 이 세상에서 시인이란, 감동을 제일 먼저 발견하는 사람이 아닐까 하고 생각하게 된다.

"아, 참 맛있구나!"

늘 밥상에 오르는 김치 한 조각, 콩나물국 한 숟갈을 먹더라도 그이는 감탄하는 말을 빠뜨리지 않는다.

궁핍한 시절에는 귀했지만 지금은 잘 먹지 않는 음식들, 이를테면 삶은 감자나 고구마, 보리개떡, 인절미, 수제비 같은 것들이 앞에 놓여 있어도 그이는 분명 행복한 표정을 지으며 이렇게 말할 것이다.

"야, 맛이 정말 기가 막히게 좋은걸!"

그이의 입맛에 맞지 않은 음식은 이 세상에 하나도 없어 보인다. 그이의 사소한 말 한마디 때문에 별로 차린 게 없는 밥상이라 할지라도 마음이 은근히 풍성해지고 입맛이 도는 것이다.

"어? 이 국물에 머리카락이 하나 빠져 있네."

누군가 밥을 먹다가 대뜸 이렇게 말했다고 생각해 보자. 그러면 다른 사람마저 혹시나 싶어 국물을 숟가락으로 뜨기도 전에 마음이 찜찜해지고 말 것이다. 아무리 진수성찬을 앞에 두었더라도 제 그릇 속을 살피느라 그날의 식사는 개운하지 않을 게 뻔하다.

날마다 시간에 쫓겨 바쁘게 살아가는 사람들은 감탄할 줄을 모른다. 자기 잇속을 챙기는 데 급급하다 보니, 나 아닌 다른 것들을 유심히 들여다볼 여유도 잃어버렸다. 사랑은 타인에 대한 이해에서 나오고, 이해는 작은 일이라도 관심을 갖는 데서 싹트는 법이다. 요즘 사람들의 타인에 대한 무관심이 거의 병적인 수준에 이르렀다고 말하면 지나친 진단일까.

내가 아는 그 시인은 이따금 들길을 같이 걸을 때에도 소년처럼 즐거워한다. 들판에도 그이가 감탄할 대상은 얼마든지 있다는 듯이, 한적한 들길을 저만치 앞서 가다가 그이는 무슨 굉장한 발견이라도 한 듯이 소리를 친다.

"여기 좀 빨리 와 보라고!"

"무슨 일인데 그러세요?"

그이가 손짓하는 곳으로 달려가 보면, 풀섶에 그저 작디작은 들꽃 한 송이가 오롯이 피어 있을 뿐이다.

"아, 참 예쁘다! 예뻐."

흔하디흔한, 남들이 잘 거들떠보지도 않는 하찮은 들꽃을 들여다보면서 그이는 '예쁘다'는 말을 연발하고 있는 것이다. 그게 무엇이 그렇게 예쁘냐고 따졌다가는, 그이로부터 아름다운 것을 볼 줄 모르는 눈을 가지고 있다는 핀잔을 들어야만 한다.

그러고는 한참 동안 그 꽃에 대한 설명을 들어야 한다. 그 꽃의 이름이 무엇인지, 지역에 따라 어떤 이름으로 불리는지, 처음 꽃이 피는 시기는 언제인지, 그 꽃과 비슷하게 생긴 꽃으로는 어떤 게 있는지, 그이는 식물학자보다 소상하게 가르쳐 준다. 언뜻 보면 꽃이라고 여길 수 없을 정도로 초라한 들꽃도 그 시인 앞에서는 '꽃 중의 꽃'이 된다.

어느 해 겨울에 나는 그 시인과 함께 여행을 하게 되었다. 버스 출발 시간에 가까스로 정류장에 당도한 우리가 마지막으로 오르자마자 버스는 문을 닫고 움직이기 시작했다. 그러나 난방이 채 안 된 버스 안은 찬바람이 쌩쌩 부는 영하의 바깥 날씨와 다름없을 정도로 추웠고, 유리창에는 성에가 하얗게 끼어 있었다. 승객들은 하나같이 주머니 속에다 두 손을 찔러 넣고 마치 고슴도치처럼 어깨를 움츠린 채 말없이 앉아 있었다.

나는 우리가 앉을 좌석을 찾아 두리번거리고 있었는데, 그이가 갑자기 큰 소리로 말했다.

"아이구, 버스 안이 참 따뜻하네!"

남들에게 민망할 정도로 소리가 커도 너무 크다 싶었다. 나는 승객들의 눈치를 살폈다. 아닌 게 아니라 차 안에서 어깨를 움츠리고 있던 승객들이 일제히 함박웃음을 터뜨리는 것이었다. 그러고는 이구동성으로 한마디씩 말을 보탰다.

"버스가 정말 따뜻하네요!"

"나도 따뜻해요!"

"나는 너무 더운 걸요!"

그날, 유리창에 낀 성에가 다 녹을 때까지 버스 안이 춥다고 운전기사에게 불평하는 사람은 아무도 없었다. 그이의 난데없는 말 한마디가 버스 안을 훈훈하게 녹인 것이었다. 만약에 버스의 난방 상태에 대해 누군가 한 사람이 불만을 터뜨리기 시작했다면, 그날 우리들의 여행은 썩 유쾌하지 못했을 게 뻔하다.

이 세상을 살아가는 방법은 단 두 가지라고 한다. 이 세상을 지긋지긋한 곳이라고 여기거나, 이 세상을 그래도 살 만한 곳이라고 생각하는 것.

이 둘 중에 어떤 방법을 택하는가에 따라 그 사람의 일생은 좌우된다.

아주 조용히

가슴이 아프다 마는 정도가 아니라 가슴이 빠개지는 일이 좀 있어야겠다.

함께 간다는 것, 사랑한다는 것, 그런 말들은 되도록 아껴야 한다. 말이란 아낄수록 빛이 나기 마련이다.

세상에 태어나 조용히 녹슬어 가는 일은 얼마나 아름다운 가. 세상에 태어나 조용히, 아주 조용히…… 녹슬어 가는 일 은…….

삶의 이유

연어가 강을 거슬러 오르는 이유는 오직 알을 낳기 위해서인
가? 알을 낳기 위해 사랑을 하는 것, 그게 연어의 삶의 전부
인가? 아닐 것이다.

연어에게는 연어만의 독특한 삶의 이유가 있을 것이다. 단지
연어가 아직 그것을 찾지 못했을 뿐이다.

나 이

누구나 타오를 땐 나이와 시간의 흐름을 잊는 법.

바다에 서면 누구나 바다가 얘기해 주는 자신의 나이를 듣게
된다. 그때 바다의 가슴은 더 넓어지고 바다 곁에 선 사람은
더 단단해진다.

서른여덟이거나 마흔 살이거나, 세상의 바다를 반쯤 건넌 나
이, 그리고 까닭 없는 서러움에 잠깐 젖어 보기도 하는 나이.
그 서러움의 힘으로 또 살아가는, 살아가야 할 세상이 보이
는 나이.

내가 미식가인 까닭

나는 무슨 음식이든 가리지 않고 잘 먹는 편이다. 이른바 잡
식성이다. 그럼에도 나는 미식가임을 자처하고 다닌다. 남들
이 쉽게 인정해 주지 않지만, 잡식성 미식가라고나 할까.

그렇다고 구태여 맛난 것을 찾아 팔도를 유람하는 팔자 좋은
미식가는 아니다. 나는 오히려 그런 풍류를 즐기고자 하는
자들을 경멸한다. 음식이란, 스포츠나 전자오락처럼 가볍게
대할 대상이 아니라고 생각하기 때문이다. 나는 음식의 드러
난 맛을 따지기보다는 숨어 있는 맛을 즐기고자 하는 미식가
라고 할 수 있다.

집 안에서 내 눈에 거슬리는 놈 중의 하나가 냉장고다. 날이
갈수록 냉장고가 쓸데없는 욕심으로 덩치를 불려가고 있는
게 나는 못마땅하다. 냉장고 속에 들어갔다가 나온 모든 음
식은 원래 지니고 있던 맛을 쉽게 잃어버리기 일쑤다. 어느
때는 냉장고가 음식을 잘 보관해 주는 게 아니라, 음식의 맛
을 빼앗아가 버리는 게 아닌가 싶기도 하다.

음식의 맛은 음식의 영혼이 아니던가. 영혼 없는 시금치 무

침이 나는 싫다. 냉장고의 야채 저장고에서 오랜 시간을 버틴 상추와 풋고추의 그 뻔뻔스러움이 나는 싫다. 그들은 자기 영혼을 냉장고에게 다 내주고 야채랍시고 낯짝만 푸르뎅뎅한 것들이다.

냉동실에서 금방 꺼낸 꽁꽁 언 돼지고기는 정이 안 간다. 미식가 남편을 둔 덕분에 아내는 돼지고기를 요리할 때 가끔씩 잔소리를 들어야 한다. 간이 싱겁다거나 짜다거나 하는 것은 크게 문제가 되지 않는다. 바쁘다는 이유로 채 녹지 않은 돼지고기를 썰어서 성급하게 김치찌개를 끓였기 때문에 까탈스런 미식가의 간섭이 시작되는 것이다.

나는 음식점에서 김치찌개나 돼지고기 볶음을 시켜 먹을 때에도 주인이 고기를 어떻게 다루었는지를 유심히 살펴본다. 냉동된 허연 살코기를 무 썰듯이 납작하게 썰어 넣은 음식에는 숟가락을 대기가 싫어진다. 돼지고기는 아무래도 얼리기 전에 비계와 함께 듬성듬성 썰어야 하고, 그리고 양념에 잘 버무린 뒤에 조리를 해야 제맛을 내는 것이다.

양념 맛이 고기 속에 배어들기를 기다리지 않고는 맛있는 돼지고기를 먹을 수 없는 법이다. 어디 고기뿐이랴. 밥은 알맞게 뜸이 들 때까지 기다려야 하고, 김치는 숨이 죽어 익을 때까지 기다려야 한다. 그렇게 기다리는 시간도 없이, 우리에게 요리 시간을 함부로 지시하는 그 숱한 인스턴트 음식 앞에서 나는 미식가가 되지 않을 수 없다.

문득, 양념 맛이 속으로 폭 배어든 사람이 그립다.

경이롭다

징검다리는 무뚝뚝하지만 늘 좋은 일만 한다. 징검다리가 사람들의 발길에 짓밟히면서도 즐거워하는 것은 살아가는 이유가 분명하기 때문이다. 물의 흐름을 막지 않으면서도 제 할 일을 다 하는 게 징검다리 아닌가. 징검다리야말로 인간의 스승이다.

도토리는 어떻게 새로운 삶을 시작하는가. 갈참나무 가지에서 땅으로 떨어지는 순간, 그것으로 도토리는 새로운 삶을 시작한다. 나무에서 떨어진 후에도 새로운 삶을 시작할 수 있다는 것은 얼마나 경이로운가.

자작나무는 러시아에서 보아야 참 멋을 느낄 수 있다. 대평원을 기차로 달리면서 그 끝없는 숲을 바라볼 때의 느낌, 그게 제격이다. 〈닥터 지바고〉에서처럼 눈이라도 내린다면 더 말할 것도 없고 말이다. 바로 장엄, 그 자체가 자작나무 숲이다.

우리가 모르는

좋은 세상은 어떤 세상인가. 새끼들 모두 밥 잘 먹고 안 아프면 좋은 세상 아닐까.

그렇다. 좋은 세상은 의외로 아주 가까이에 있다. 단지 가까이에 있다는 것을 우리가 모를 뿐이다.

행 복

연어에게는 연어의 욕망의 크기가 있고, 고래에게는 고래의 욕망의 크기가 있다.

연어가 고래의 욕망의 크기를 가지고 있다면 그는 이미 연어가 아니다. 고래가 연어의 욕망의 크기를 가지고 있다면 그는 이미 고래가 아닌 것처럼. 연어는 연어로 살아야 연어이고 고래는 고래로 살아야 고래이다. 모든 것이 다 그렇다.

지금 발 딛고 서 있는, 바로 그곳이 세상의 중심이라고 여기는 사람만큼 행복한 사람은 없다.

추억

집에서는 잘 안 먹는 삶은 계란이 기차를 타면 먹고 싶어진다. 그렇다. 기차를 타면 삶은 계란이 먹고 싶어지는 것은 추억을 벗겨 먹고 싶기 때문일 것이다. 삶은 계란이 추억을 벗기게 만든다.

버스를 기다려 본 사람은 주변의 아주 보잘것없는 것들을 기억한다. 그런 사람은 시골 차부의 유리창에 붙어 있는, 세월의 빗물에 젖어 누렇게 빛이 바랜 버스 운행시간표를 안다. 때가 꼬질꼬질한 버스 좌석 덮개에다 전화번호를 적어 놓고 '애인'을 구하고 싶어 하는 소년들의 풋내 나는 마음도 안다. 그런 사람은 저물 무렵 주변의 나무들이 밤을 맞이하기 위해 어떤 빛깔의 옷으로 갈아입는지도 알고, 낮은 굴뚝에서 피어오르는 밥 짓는 저녁연기가 어떻게 마을을 감싸 안는지도 안다.

아련한 추억의 냄새, 그런 게 있다면 바로 이런 것이 아닐까? 어머니의 속살 깊은 곳에 숨어 있을 것 같은 냄새. 아니면 아버지의 냄새가 이런 것이 아닐까?

통 로

—

더 많은 투자로, 더 많은 이윤을 꾀하겠다는 속셈이 많은 가게일수록 쇼윈도를 크고 화려하게 치장한다. 창이란, 이제 더 이상 세상을 내다보는 통로가 아니라, 세상을 빨아들이는 무한 욕망의 흡입구이다.

요즘 새로 짓는 집들의 창문을 보라. 저마다 한쪽 벽 전체에 창문이 큼직큼직하게 달려 있다. 언뜻 생각하면 그 큰 창문들은 우리 옛집의 커다란 들창문보다도 더 마음을 밖으로 열어 놓은 것처럼 보이기도 한다. 그러나 그런 호화스런 저택의 창일수록 절대로 바깥에서 안쪽을 볼 수 없는 유리를 사용한다. 그런 유리는 유리 회사만 행복하게 할 뿐 사람을 행복하게 하지는 못한다.

천천히

내가 신은 구두는 한 짝이 너무 크고, 나머지 한 짝은 너무 작은 게 아닌가.

우리들의 삶이란 늘 너무 크거나, 너무 작거나, 너무 무겁거나, 너무 가볍다. 딱 맞는 크기를 만나기가 얼마나 힘든가.

한 짝은 항공모함 같고, 한 짝은 티코 같은 그 서먹서먹한 구두를 신고 화장실을 다녀올 때마다 구두에 길들여져 있는 모습을 발견한다.

빠르게 달린다는 게 최고는 아니다. 천천히 가야 꽃도 보인다. 그래야 꽃도 기차를 볼 수 있다. 그래야 기차도 꽃을 향해 손을 흔들 수 있다.

002+

그때부터 사랑은 시작된다

사랑의 시작

—

사랑이라는 것은 상대방에게 관심을 가지는 데서 출발하는 법이다.

그녀에게 적극적으로 접근하는 방식의 하나. 닥치는 대로 그녀의 책을 빌려 보기 시작하라. 그때부터 사랑은 시작된다.

만 남

우리가 만나기 전에는 서로 먼 곳에 있었다.

너는 나의 먼 곳, 나는 너의 먼 곳에, 우리는 그렇게 있었다.

우리는 같이 숨 쉬고 살면서도 서로 멀리 있었던 것이다.

하지만 이제는 그렇지 않다. 이제 먼 곳을 바라볼 필요가 없다.

너를 만난다는 것은 너의 배경까지 만난다는 말이다.

너를 만난다는 것은 너의 상처와 슬픔까지 만난다는 말이다.

너를 만난다는 것은 너의 현재뿐만 아니라 네가 살아온 과거
의 시간과 네가 살아갈 미래의 시간까지 만난다는 말이다.

네가 보고 싶어서 바람이 불었다

네가 내 옆에 없었기 때문에 나는 아팠다. 네가 보고 싶었다.
네가 보고 싶어서 바람이 불었다. 네가 보고 싶어서 물결이
쳤다. 네가 보고 싶어서 물속의 햇살은 차랑차랑하였다. 네
가 보고 싶어서 나는 살아가고 있었고, 네가 보고 싶어서 나
는 살아갈 것이었다.

누군가가 보고 싶어 아파본 적이 있는 이는 알 것이다. 보고
싶은 대상이 옆에 없을 때에 비로소 낯선 세계 속으로 한 걸
음 더 다가서고 싶은 호기심과 의지가 생긴다는 것을. 그렇
게 나는 네게 가고 싶었다.

두근거림

보고 싶다는 말보다 간절한 말은 이 세상에 없다.

어떤 수식어가 필요하단 말인가. 그 자체로서 완성이다.

'사랑아!' 하고 불러 보라.

두려움과 두려움으로 인한 두근거림이 없는 사랑은 이미 사랑이 아니다. 첫사랑이라고 말할 수는 더욱 없다. 당신의 가슴이 두근거리면, 언제 어느 때든 그게 바로 첫사랑이다.

'사랑아!' 하고 부를 때 가슴이 두근거리는지 손을 대 봐라.

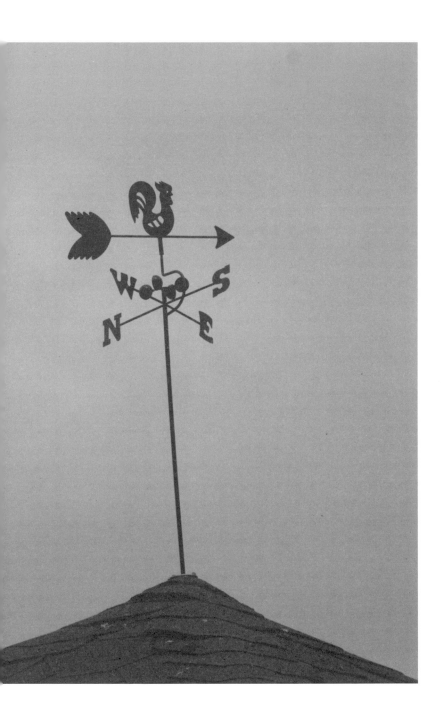

첫사랑에 대하여

나는 나의 첫사랑을 모른다.

그게 무슨 뚱딴지같은 소리냐고 의아해할지 모르겠지만, 내 기억 속에 단 한 폭의 그림으로 저장되어 있는 유일무이한, 딱히 첫사랑이라고 정의할 만한 사랑을 나는 모른다.

모든 사랑은 첫사랑이라는 말을 내가 깊이 신뢰하고 있기 때문에 그런 것도 아니다. 그 말은 이 세상의 어떤 잠언보다도 아름다운 게 사실이지만, 대체로 바람둥이들의 자기변명을 위한 허사로 쓰이기 일쑤여서 엄격하고 안전한 사랑을 꿈꾸는 이들의 귀에는 매우 불온하게 들릴 수도 있다.

또 첫사랑은 실패한다는, 상당한 경험이 깃들어 있는 듯한 인생파적인 잠언도 불온하기는 마찬가지다. 미리 실패를 상정하고 만나는 사랑은 그 어떤 위험한 불장난도 두려워하지 않기 때문이다.

두려움과 두려움으로 인한 가슴 두근거림이 없는 사랑은 이미 사랑이 아니고, 더더욱 첫사랑이라고 말할 수는 없는 노릇이다.

그렇다면 나는 여자로 인해 가슴이 두근거린 적이 한 번도 없었던가? 그것은 아닌 것 같다.

내가 초등학교 1학년 때였던가. 그때만 해도 6학년들이 졸업을 하기 전에 선생님들을 모시는 사은회라는 게 있었다. 학예 발표회를 겸하여 1년에 한 번 열리는 이 행사에서 나는 여자아이들과 짝을 맞추어 무용을 하게 되었다. 우리는 산토끼 같은 분장을 하고 학교 숙직실에서 무용 연습을 했는데, 비좁은 숙직실에서 줄을 맞추어 내가 등장할 차례가 오기를 기다리던 나는 한순간 깜짝 놀라고 말았다. 나하고 짝을 지어 같이 연습을 하는 여자아이의 몸이 내 등에 바짝 붙어 있었기 때문이다. 그저 아무렇지도 않았을 그 아이의 양쪽 가슴에 뭔가 말랑말랑한 정구공만한 게 달려 있으리라고 생각했던 것은 내가 너무 조숙했기 때문일까. 그 후로 나는 돌이킬 수 없는 죄를 지은 것 같아서 그 아이의 커다란 눈을 똑바로 쳐다볼 수 없었다.

2학년 때도 그 비슷한 일이 있었다. 우리 학교에 초임 발령을 받고 부임한 담임선생님은 누가 봐도 곱고 예쁜 처녀 선생님이었다. 하루는 선생님이 나에게 심부름을 시키셨다. 장터 근방에 있는 선생님의 자취방으로 가서 무엇을 좀 가져오라고.

밤톨만한 자물쇠를 열고 선생님의 자취방에 들어서는 순간,

나는 가슴이 콱 막힐 뻔했다. 내가 그때까지 한 번도 맡아보지 못한 화장품 향기가 내 온몸을 얼얼하도록 적셨기 때문이었다. 거울이 달린 선생님의 화장대 위에는 크고 작은 화장품들이 꼬마 병정들처럼 도열해 있었는데, 그것들이 풍기는 향기 때문에 나는 선생님의 비밀을 엿본 듯 가슴이 두근거렸던 것이다.

그동안 여자들이 내 가슴을 두드린 일들이 어디 그뿐이랴. 중학교 다닐 때 학교 벤치에서 '라면땅'이라는 과자를 건네주던 같은 학년 여자아이의 가느다란 손끝이며, 고등학교 시절 수십 통의 편지를 주고받던 여학생의 작은 키며, 시화전 같은 데서 만나 내 이야기에 자주 고개를 끄덕이며 눈을 반짝이던 여학생의 단발머리며, 모두가 내 가슴에 북소리를 나게 했던 기억들이 아니던가.

또 있다. 얼마 전에 출간한 어른을 위한 동화 〈사진첩〉에서, 나는 사실과 허구가 반반쯤 섞인 봉자 누나를 오랜만에 불러내 그려 보기도 했다.

내가 학교에 입학할 때 손수건을 사준 사람이 봉자 누나였다. 봉자 누나는 우리 옆집 양장점에서 일을 거들던 처녀였다. 어른들은 누나를 양장점 '시다'라고 불렀지만, 누나가 자신을 시다라고 말한 적은 한 번도 없었다.

"축하한다."

어느 날 누나는 내 손에 신문지로 정성스럽게 싼 물건을 쥐어 주었다.

"이게 뭔데?"

"입학 선물이야."

파란 물방울무늬가 그려진 손수건이었다. 나는 그때 적잖이 감격하여 얼굴이 다 빨개질 정도였는데, 그것은 축하와 선물이라는 낯선 말을 생전 처음 들었기 때문이었다. 여덟 살이 될 때까지 해마다 생일을 맞이했지만 누구한테서 정식으로 축하한다는 말을 들어 본 적이 없으며, 더군다나 선물을 받는다는 것은 상상도 하지 못했던 일이 아닌가. 사소하고 일상적인 사적 세계 속에 머물러 있다가, 뭔가 인간과 인간이 새로운 관계를 갖게 되는 공적 세계로 편입하는 순간의 감격이 그런 것인지도 몰랐다.

나는 매일 손수건을 가슴에 달고 학교를 다녔다. 그렇지만 한 번도 거기에다 코를 닦지는 않았다. 처음 받은 선물에다 더러운 콧물을 묻힐 수는 없는 노릇이었다.

어쩌다 봉자 누나가 보고 싶을 때면 혹시나 누나 냄새가 나지 않을까 싶어 손수건을 코 가까이에다 대어 볼 뿐이었다. 봉자 누나는 전혀 화장을 하지 않았지만 나는 봉자 누나의 냄새를 기억하고 있었다. 누나가 내 옆에 있다가 어쩌다 그 긴 머리카락을 뒤로 쓸어 넘길 때면 향기로운 누나의 냄새가 아찔할 정도로 느껴지곤 했다. 봉자 누나의 냄새를 기억하고부터 나는 누나의 모든 게 좋았다. 고무 슬리퍼를 끄는 소리도 싫지 않고, 딱딱 소리 내어 껌을 씹는 볼도 보기 좋았으며, 선반에 있는 옷감을 내리기 위해 팔을 쳐들었을 때 겨드랑이 사이로 거뭇거뭇 드러나던, 그 윤기 나는 털도 보기 좋았다.

그러나 나는 여전히 나의 첫사랑을 모른다. 그것을 구태여 따져 가려낼 생각도 없다. 그보다 중요한 것은 지금보다 세월을 더 산 뒤에, 머리 위에 허옇게 서리가 내리더라도, 늙은 아내의 주름진 눈가를 들여다보며 가슴 두근거릴 수 있었으면 하는 것이다. 그때가 되면 살아온 날보다 앞으로 살아갈 날이 비록 짧다고 해도, 나는 둥둥둥둥 울리는 가슴의 북소리를 들을 수 있을 것이다.

나는 이제 모든 사랑은 첫사랑이라는 말을 이렇게 바꾸려고 한다.

당신의 가슴이 두근거리면, 언제 어느 때든 그게 바로 첫사랑이라고.

보고 싶다

첫사랑, 첫날밤, 첫 키스……

'첫'자가 붙은 말은 언제나 아리고 매콤하다.

그대는 아리고 매콤한 기억을 가지고 있는가.

'그리움'이라고 일컫기엔 너무나 크고, '기다림'이라고 부르기엔 너무나 넓은, 이 보고 싶음…….

삶이란 게 견딜 수 없는 것이면서 또한 견뎌내야 하는 거라지만, 이 끝없는 보고 싶음 앞에서는 삶도 무엇도 속수무책일 뿐이다. 보지 않고서는 정신을 차릴 수 없다.

하지만 무작정 기다리기만 하는 건, 마음이 썩게 내버려 두는 일이나 다름없다.

그대를 찾아 나서야겠다고 마음을 먹어 봐라.

순간 세상이 바뀐다는 것을 깨닫게 될 것이다.

외로울 때는 외로워하자 1

소싯적에 나는 외갓집 툇마루 끝에 앉아 혼자서 시간 보내는 걸 아주 좋아했다.
그 마루 끝에 오래도록 앉아 있으면 머릿속에 별의별 생각들이 다 떠오르곤 하였다. 굼벵이는 왜 썩은 초가지붕 속에 웅크리고 사는지, 매미는 왜 떼를 쓰는 아이처럼 울어대는지, 장마철 산에 나는 버섯은 왜 무서운 독이 들어 있는 것일수록 화려한 빛깔을 띠는지, 단풍은 왜 산꼭대기부터 붉은 물을 들이면서 산 아래로 내려오는지, 속이 벌어진 석류를 볼 때마다 왜 옆집 누나가 화들짝 웃을 때의 잇몸이 겹쳐지는지, 때로는 엉뚱하고 때로는 재미난 생각들이 꼬리에 꼬리를 물고 이어지는 것이었다.
비가 오는 날에는 동무들하고 어울려 노는 대신에 처마 끝에서 떨어지는 낙숫물 소리를 듣는 것도 싫지 않았다. 빗물이 마당에 크고 작은 왕관 모양을 만들며 떨어지는 것을 쪼그리고 앉아 살피는 재미도 꽤나 짭짤했던 것이다. 그리고 빗물이 고랑을 이루며 흘러 개울이 되고 강이 되고 더 멀리 가서는 바다가 되는 것을 상상하는 것도 나 혼자 오도카니 시간을 보낼 때의 일이었다.

그렇다고 내가 동무들하고 망아지같이 뛰어노는 일보다 외톨이로 보내는 시간을 더 즐겼다는 말은 아니다.

나는 지금 외로움에 대해서 말하고 싶은 것이다. 적어도 어릴 적에는 혼자서 이런저런 것들을 유심히 바라보고, 골똘히 생각할 수 있는 혼자만의 시간이 있었다. 하지만 한 살 두 살 나이를 먹고 머리가 굵어지면서 외로워할 시간들을 점점 잃어버린 나 자신과 우리들에 대하여 말하고 싶은 것이다.

외로울 때는 외로워하자 2

내 젊은 외삼촌 방에는 자그마한 액자가 하나 걸려 있었는데,
거기에는 둥지 속에 낳아 놓은 알을 내려다보며 사이좋게 앉
아 있는 새 두 마리의 그림이 들어 있었다. 외삼촌은 그 액자
가 친구한테 선물을 받은 것이라면서 은근히 자랑을 했지만,
어린 내가 보기에도 그것은 '이발관 그림' 수준 그 이상도 그
이하도 아니었다.

하지만 방바닥에 팔베개를 하고 누워 있으면 늘 그 액자가
눈에 들어와서 나는 그림과 함께 거기에 적혀 있는 시를 속
으로 몇 번씩이나 읽곤 하였다(그게 과연 어느 시인이 쓴 시
인지 아닌지는 지금도 잘 모르겠지만, 어쨌든 그때는 외삼촌
이 시라고 그랬다).

하나는 외로워 둘이랍니다.
둘은 알뜰히 사랑했더랍니다.
영원토록 행복을 수놓으며
사랑의 초원에서 살았답니다.

아마도 결혼식 선물용으로 제작된 게 아니었을까 싶은 이 액자의 '시'를 나는 아직도 기억하고 있다. 하나는 외로워 둘이라는, 이 밑도 끝도 없는 경구를 오랫동안 흠모하면서…….

그리고 나는 학교를 마치고, 군대를 갔다 오고, 직장을 얻고, 결혼을 하고, 아이를 낳아 기르면서, 알뜰한 사랑과 영원한 행복에 대한 기대를 버리지 않으며 살아왔다.

어디 비단 나뿐이랴. 이 땅의 대부분의 선남선녀들은 비슷비슷한 경로를 거치면서 영원히 사랑의 초원에서 살아가기를 꿈꾸고 있는 것이다. 하나가 외로워 둘이 되었으니, 그건 어찌 보면 당연한 일일지도 모른다.

그런데 사랑의 초원은 영화 장면처럼 우리 앞에 저절로 펼쳐져 있는 게 아니다.

삶이란, 그 초원에 다다르기 위해 피 흘리며 싸움을 벌이는 전쟁터와 다름없기 때문이다. 설혹 누군가 사랑의 초원에 다른 사람보다 일찍 당도했다고 하더라도 그는 그것을 남에게 빼앗기지 않기 위해 또 눈에 불을 켜게 될 것이다. 게다가 전쟁터는 외로움을 절대로 허락하지 않는다. 삶과 죽음이 팽팽하게 맞서 있는 곳에서 외로움을 즐긴다는 것은 정신 분열의 증세나 사치로 여겨질 뿐이다.

외로울 때는 외로워하자 3

한 번은 책꽂이에 꽂혀 있는 책 한 권을 빼서 보려고 하다가 무척 애를 먹은 적이 있다. 책을 정리할 때 어찌나 빼곡하게, 어찌나 빡빡하게 책을 꽂아 두었던지 영 빠지지를 않는 것이었다. 나중에는 손가락 끝이 벌겋게 부풀어 오를 정도로 손이 아팠지만 책은 좀처럼 빠져나오지 않았다. 그것은 좁은 방, 좁은 책꽂이에 한 권이라도 더 많이 책을 꽂아 보려는 내 과한 욕심 탓이었다.

그때 문득, 나도 빡빡한 책꽂이에서 빠지지 않는 한 권의 책처럼 살아가고 있는 게 아닌가 하는 생각이 이마를 치고 갔다. 그래, 나도 사람과 사람 사이에 오도 가도 못한 채 지금 그렇게 끼어 있는 것이었다. 아니면 약간의 여유조차 가지지 못하고, 헐거운 틈 하나 마련하지 못하고 아등바등 만원 버스 손잡이에 매달려 여기까지 달려온, 아직도 철들지 못한 까까머리 통학생이거나…….

그래서 나는 좀 천천히 살아 보자는 요량으로 10여 년 동안 정 붙이고 다니던 학교를 그만두었다. 글쓰기와 가르치기라는 두 개의 축에 의지해서 정신없이 달려온 내 삶을 느리게 가는 수레 위에 싣고 싶었다.

'나는 정말 온몸으로 글을 쓰고, 온몸으로 아이들을 가르쳤는 가?'라는 질문 앞에서 자신 있게 대답을 할 수 없었다. 좀 더 열심히 글을 써 보겠다고 마음을 먹으면 가르치는 일이 소홀해지고, 좀 더 좋은 선생이 되어야겠다고 작정을 하면 알게 모르게 글 쓰는 일에 게으름을 피우는 자신을 발견하고 나는 마음을 고쳐먹은 것이다. 두 마리의 토끼를 헐레벌떡 쫓다가 그 두 마리를 다 놓쳐서는 안 되겠다고.

그리고 무엇보다도 나를 괴롭힌 것은 살아갈수록 외로워할 시간이 줄어든다는 것이었다. 나는 잃어버린 나의 외로움을 찾는 길을 택하고 싶었다. 내가 몸에 꼭 죄는 바지를 싫어하는 것도 비슷한 이유에서다. 더러 그런 바지를 즐겨 입는 사람을 보면 안쓰럽기까지 하다. 헐렁헐렁한 바지가 입고 다니기에도 여유롭고 벗을 때도 편하지 않겠는가. 외로움은 좀 헐렁헐렁할 때 생기는 게 아니겠는가.

영국의 경제학자 슈마허는 일찍이 60년대 초반에 인간의 탐욕과 질투심이 결국은 인간성을 파괴한다고 경고한 바 있다. 그는 거대 기업에 의한 대량 생산 체제가 인간을 기계의 노예로 만든다고 했다. 현대 문명은 인간으로부터 외로움을 빼앗아 간다. 더 많은 것을 만들어 더 많은 것을 내다 팔기 위해 끊임없이 웅웅대며 돌아가는 기계 앞에서 도대체 인간은 외로워할 틈이 없다. 뿐만 아니라 이윤이 인간의 외로움을 상쇄시켜 주지는 못하는 것이다. 한낱 기계가 인간의 외로움을 어찌 알겠는가 말이다.

다가오는 21세기는 그동안 인류가 외로움에 굶주렸다는 것을 자각하는 세기가 될지도 모른다. 그리하여 우리나라 어느 시인의 시구처럼 '외로운 일 좀 있어야겠다.'는 말이 인류의 공동 구호가 될지도 모르는 일이다.

외로울 때는 외로워하자 4

거품이라는 말이 그것을 걷어내야 한다는 소리와 함께 세간
에 유행인 모양이다.

맥주병은 흔들지 않으면 거품이 일어나지 않는다. 외로운 맥
주병은, 고요한 맥주병은 거품이 없다.

외로울 때는 외로워하자 5

대체로 나이 서른이 넘으면 외로워할 시간이 줄어들거나 사라지게 마련이다. 나도 스물 몇 살쯤에는 외로움을 경계하는 일에 몰두했던 것 같다. 갈비뼈와 갈비뼈 사이로 보이지 않는 칼이 들어와 가슴을 두 쪽 내는 외로움이 아니라면 외롭다는 말은 하지 않겠다고 일기장에 썼었다. 외로워지지 않으려고 찻집이나 카페에서 많은 친구들을 만났으며, 끝도 없이 열정적으로 이야기를 나누었다. 어둡고 좁은 골방에 틀어박혀 쓰는 시는 나약하고 우스워 보였으며, 내가 쓰는 시는 햇살이 쏟아지는 광장으로 나가 깃발이 되어도 좋겠다고 생각했다. 골방에서 광장을 그리워하던 시절이었다.

그러나 그렇게 외로움을 견디는 사이 나는 서른을 넘기고 있었다. 나는 광장에 서 있는 나에게서 외로움이 훌쩍 달아나 버린 것을 알아차렸다. 그리하여 골방의 사무치는 외로움을 향해 고개를 돌리기 시작했다. 그렇지만 언젠가 나는 다시 광장을 그리워하며 그곳으로 달려가고 싶어 할지도 모른다. 골방은 광장을 그리워하고, 광장은 골방을 그리워하는 법이

니까.

외로울 때는 사랑을 꿈꿀 수 있지만, 사랑에 깊이 빠진 뒤에는 외로움을 망각하기 십상이다. 그러니 사랑하고 싶거든 외로워할 줄도 알아야 한다.

나에게 정말 외로움이 찾아온다면 나는 피해 가지 않으리라. 외로울 때는 실컷 외로워하리라. 다시는 외로움을 두려워하지 않으리라.

상상력

보이지 않는 것을 보고 싶어 하는 눈, 그리하여 보이지 않는
것을 볼 줄 아는 눈.
상상력은 우리를 이 세상 끝까지 가 보게 만드는 힘이다. 샘
이다.
별똥별이 아름다운 것은 빛나기 때문이 아니라, 그것이 떨어
진 곳을 상상할 수 있기 때문이다. 빛나는 것은 한순간에 사
라지고 만다.
사랑하는 사람과의 첫 입맞춤이 뜨겁고 달콤한 것은 그 이전
의, 두 사람의 입술과 입술이 맞닿기 직전까지의 상상력 때
문이다.

사랑 이후

지금 사랑에 빠져 있는가? 그 사랑을 완성하고 싶다면 근사한 연애편지 쓰는 법부터 익혀야 한다.

지금 펜을 들라. 편지지 위에 '그대에게'라고 쓰라.

그리움은 고리타분한 노래가 되어 더 이상 노래방에서도 인기를 끌지 못한다.

우리들 삶과 사랑의 양식도 점점 그렇게 변해 가고 있는 게 아닐까? 만나고 헤어지는 일 하나만 하더라도 우리는 너무 쉬운 길만을 택하고 있는 게 아닐까?

마음이든 육체든 접촉 이전의 그리움을 접촉 이후까지 오래오래 유지할 수는 없는 것일까? 그래야 그리움이 그리움의 본령으로 돌아올 수 있는데 말이다.

사랑하고 싶거든

사람들은 살수록 힘들고 외롭다고 한다. 시도 때도 없이 울리는 휴대폰을 하루 종일 켜 놓고 있는데도 외롭다고 한다. 사람들의 말이 맞다.

전화벨 소리가 없는 곳으로 피신하고 싶다. 그곳에서 외로움이라는 사치를 누리고 싶다. 이 희망은 아주 간절하다. 무엇과도 바꿀 수 없다.

외로울 때는 사랑을 꿈꿀 수 있다. 하지만 사랑에 빠진 뒤에는 외로움을 망각하기 십상이다.

그러니 사랑하고 싶거든 외로워할 줄도 알아야 한다.

사랑에 빠지고 싶거든 세상을 아름답게 볼 줄 아는 눈을 가져야 한다.

먼저 돌아보라

외로워할 틈이 없다는 것, 그게 문제다. 이 세상에 외로워지고 싶은 사람이 대체 어디 있겠는가.

외로움이라는 특혜는 자기 자신을 들여다볼 줄 아는 사람에게만 돌아가는 것이다. 외로움 때문에 몸을 떠는 것보다 더 불행한 것은 외로움을 느껴 볼 시간도 갖지 못하고 살아가는 것이다. 외로워할 틈이 있는지, 먼저 돌아보라.

눈물

이별의 순간에는 울어야 한다. 입술을 악물어야 한다. 손등으로는 주체할 수 없이 흐르는 눈물을 닦아야 한다. 그러나 눈물이 나오지 않는다.

손수건은 한 장의 헝겊 조각에 지나지 않는다. 하지만 그 얇고 가벼운 것이 사람과 사람 사이에서 오래도록 잊혀지지 않는 사랑과 맹세와 믿음의 증표가 된다. 손수건의 크기와 빛깔로 사랑과 맹세와 믿음의 크기를 정해선 안 된다.

후 회

너한테 나를 잠깐 빌려 주고 싶은데…….

그녀는 왜 자기 자신을 영원히 빌려 준다고 말하지 않았을까.

너한테 나를 영원히 빌려 주고 싶은데…….

이렇게 말했더라면 더없이 좋았을 것을!

작고 느린 움직임

이 세상의 아름다움이란 날렵한 고속철도의 속도 안에 있는 게 아니다. 아주 작고 느린 움직임들이 모여서 아름다움을 이루어낸다는 것을 깨달아야 한다. 작고, 느림이 세상의 중심이 되지 말란 법은 없다.

느리다는 한 가지 이유만으로도 증기 기관차는 충분히 낭만적인 기계이다. 안락하고 빠른 기차들이 질주하는 시대는 낭만이 거세된 시대이다.

철길은 서로 그리워하기 때문에 서로 몸을 맞대지 못하는 것인지도 모른다. 기차의 숙명이다.

철 길

철길은 왜 둘인가? 길은 혼자서 가는 게 아니라는 뜻이다. 멀고 험한 길일수록 둘이서 함께 가야 한다는 뜻이다.

철길은 왜 나란히 가는가? 함께 길을 가게 될 때에는 대등하고 평등한 관계를 늘 유지해야 한다는 뜻이다. 토닥토닥 다투지 말고, 어느 한쪽으로 기울지 말고, 높낮이를 따지지 말고 가라는 뜻이다.

철길은 왜 서로 닿지 못하는 거리를 두면서 가는가?

사랑한다는 것은 둘이 만나 하나가 되는 것이지만, 하나가 되기 위해서는 둘 사이에 알맞은 거리가 필요하다는 뜻이다. 서로 등을 돌린 뒤에 생긴 모난 거리가 아니라, 서로 그리워하는 둥근 거리 말이다.

철길을 따라가 보라. 철길은 절대로 90도 각도로 방향을 꺾지 않는다. 앞과 뒤, 왼쪽과 오른쪽을 다 둘러본 뒤에 천천히, 둥글게, 커다랗게 원을 그리며 커브를 돈다.

이 세상의 모든 사랑도 그렇게 철길을 닮아간다.

003+

내 마음의 느낌표

마음의 눈

무엇이든 마음의 눈으로 보라. 마음의 눈으로 보면 온 세상이 아름답다.

말로써 진실을 표현하려고 애써 봐야 소용없다. 눈빛으로 나누는 대화가 입으로 하는 말보다 훨씬 더 진실한 마음을 담아낸다.

그러나 정작 자신도 들여다보지 못한 마음이 있는 것이다.

사소한 것의 아름다움

아름다운 것은 멀리 있지 않다. 크기가 아주 큰 것도 아니다. 그리고 그것은 금방 사라지지도 않는다. 그것이 아름다움의 힘이다. 그것이 아름다움이 아름다울 수 있는 까닭이다. 작은 것의 아름다움, 오래도록 머무는 아름다움, 그것이 선(善) 아닌가.

일생 동안 쌓아 놓은 재산이나 빛나는 업적보다는 한 사람을 가장 빨리, 가장 절실하게 추억하도록 만드는 게 있다. 어떤, 사소하고 아련한 냄새가 그것 아닐까. 사소하면서도 아련한 냄새가 재산이나 업적보다 훨씬 소중하다.

세상이라는 이름의 어항

우리 아파트 거실에는 제법 큼지막한 어항이 하나 있다. 어른을 위한 동화 〈연어〉를 구상하면서 나는 물고기의 생태를 좀 더 가까이에서 관찰하고 싶어 이 어항을 구입했다.

강원도 양양의 남대천을 비롯한 몇몇 강으로만 돌아오는 연어를 구경하려면 가을철이 되기를 기다려야 하고, 또 적지 않은 시간을 투자해야 한다. 그래서 나는 좀 꾀를 내어 우리 민물고기를 어항에다 기르면서 연어를 내 머릿속으로라도 그려 보고 싶었던 것이다.

현란한 빛깔을 자랑하는 금붕어 종류나, 이국적인 분위기를 풍기는 열대어 대신에 굳이 우리 민물고기를 길러야겠다고 마음먹은 것은 나름대로 까닭이 있다. 요즘 들어 기분 좋게 쏟아져 나오는 우리 꽃과 나무와 물고기에 관한 책들을 읽으면서, 내가 그동안 그것들에 대해 너무나 모르고 살아왔다는 자책감이 들곤 했다.

정말 내가 이 세상에 대해 알고 있는 것은 부끄러울 만치 보잘것없는 것들이었다. 나는 가을날의 구절초와 쑥부쟁이를 구별하지 못했으며, 봄을 알리는 산수유와 생강나무의 차이를 모르고 지냈고, 물 속에서 떼 지어 노는 갈겨니와 피라미가 어떻게 다른지 전혀 모르고 있었다.

물론 그런 것을 자세히 몰라도 시계는 잘 돌아갈 것이고, 세상살이에 큰 불편을 겪지 않을 것이다. 하지만 그것들에게 관심을 가지면서 그것들의 이름을 알고, 그것들과 관계를 맺는 순간 이 세상이 얼마나 풍요로운 곳인지를 나는 알게 되었다. 그리고 이 세상에서 내가 사랑해야 할 것들이 얼마나 많은지도 알게 되었다. 평소에 눈여겨보지 않던 것들이 저마다 이름을 하나씩 갖고 있으며, 저마다 소중한 작은 우주를 이루고 있다고 생각하면서 나는 내가 무지하기 짝이 없는 인간이었음을 뒤늦게야 깨달았다.

집 안에 어항을 들여다 놓고 나서 쉬는 날이면 틈나는 대로 근교의 개울이며 저수지를 돌아다녔다. 섬진강 상류에서 송사리 떼를 잡아 차에 싣고 집으로 돌아오던 날은 성냥개비보다 작은 그것들이 지쳐서 혹시 숨을 놓지나 않을지 마음을 조이기도 했고, 모악산 골짜기에서 얻은 일급수에만 산다는 버들치가 어항의 물 속에서 버틸 수 있을지 지켜보느라 밥 먹는 것도 잊곤 했다.

한번은 아가미에 파란 불을 켠 듯한 점이 붙은 꺽지 새끼 한 마리를 임실에서 날라 오다가 그만 죽여 버린 일이 있다. 그

때, 자연을 사랑한다는 나의 이기심 때문에 오히려 세상에 돌이킬 수 없는 큰 죄를 짓고 있다는 생각이 나를 스쳐 갔다. 어항 속에서 한 달 넘게 잘 살던 모래무지가 어항의 수면 위로 떠오른 날도 그랬고, 한겨울에 운암호에서 사다 넣은 빙어가 금세 뻣뻣해진 몸으로 죽어가던 모습을 본 뒤에도 역시 그랬다.

나의 실패는 그것으로 그치지 않았다. 어느 때는 어항 속의 물고기들 사이에서 큰 전쟁이 벌어진 적도 있었다. 제법 몸집이 큰 갈겨니 한 마리가 저보다 작고 힘없어 보이는 작은 것들을 닥치는 대로 괴롭히기 시작했던 것이다. 송사리도 각시붕어도 줄납자루도 왜몰개도 그 앞에서 맥을 추지 못하고 거의 매일 한 마리씩 죽어갔는데, 나는 어떻게 손을 쓸 수가 없어서 발만 동동 굴렀다. 나중에야 알게 된 것이지만, 그것은 이른바 텃세 때문이었다. 각기 다른 환경에서 자라던 것들을 한 집속에 넣어 놓았으니 싸움이 일어나지 않을 리가 없었다.

우리 물고기를 길러 보자고 권장하는 이들은, 물고기가 다 자라면 원래 살던 곳에 다시 풀어 주어야 한다고 제안하고 있다. 그럴듯한 이야기 같고 실험을 통해 확인해 봐야 알겠지만, 나는 회의적인 편이다.

집 안에서 기르는 물고기는 어항 크기만 한 공간이 자신의 세계인 줄 안다. 어항의 폭과 어항 속에 담긴 물의 깊이가 그들이 알고 있는 세계의 전부인 것이다. 그런데 그보다 수백 배, 수천 배가 되는 자연 그대로의 물 속에 그들을 갑자기 풀어 놓는다면 거기에 적응하기란 결코 쉬운 일이 아닐 것 같다. 그것은 철이 들지 않은 어린아이를 어느 날 문득 서울 시내 한복판에 데려다 놓는 것처럼 위험한 일이 아닐까.

이런 대책 없는 고민에 빠져들면서도 우리 집 어항 때문에 나는 많은 것을 보고 배우고 있다. 물고기는 잠을 잘 때 눈을 감지 않는데, 그들이 그 순간 꼬리나 지느러미를 흔들지 않고 물 속에 못 박힌 듯이 정지해 있는 모습을 발견할 때가 더러 있다. 나는 그때 그들의 눈부신 비늘 하나하나를 헤아리듯이 살펴보는 즐거움에 빠져든다. 그리고 그 한순간의 정지가 주는 침묵의 시간이 얼마나 아름다운지를 음미하는 것이다. 그것은 먹이를 두고 물고 뜯으며 경쟁하는 한낱 미물로서의 물고기가 아니라, 어떤 깨달음에 이른 구도자의 성스러운 자태로까지 비쳐진다. 나날의 밥벌이와 체면치레와 자기 선전에 세월 가는 줄 모르는 나에게 물고기는 한순간 고요하게 멈춰 있는 모습을 보여 줌으로써 나를 순화시키는 것이다. 어항 속의 물고기를 들여다보는데, 아들 녀석이 다가와 말을 건다.

"아빠, 물고기가 우리를 보고 있는 것 같아요."

아, 그렇구나! 내가 어항 속 물고기를 보며 내 나름대로의 즐거움에 빠져 있는 동안, 물고기가 나를 본다고는 꿈에도 생각하지 못했구나.

아이의 말대로 물고기의 눈에 비친 우리들의 모습은 어떤 것일까? 어젯밤 나와 아내가 말다툼하는 것을 혹시 물고기가 비웃으며 지켜본 것은 아니었을까? 오늘 아침 늦잠을 자고 밥을 먹는 둥 마는 둥 집을 나서던 나의 뒷모습을 물고기가 안쓰럽게 바라본 것은 아니었을까?

물고기의 입장에서 본다면, 우리는 모두 세상이라는 어항 속에 갇힌 인간이라는 이름의 물고기들이다. 우리가 물고기와 다른 점이 있다면 그들보다 덩치가 좀 크다는 것이고, 인간 아닌 것들을 얕잡아 보고 함부로 죽이는 버릇을 가지고 있다는 것이다. 고약한 버릇이다.

더 나쁜 것은 고약한 버릇인 것을 알면서도 고칠 생각을 그다지 않는다는 것이다.

누군가가

누군가가 지구를 움직이겠다고 돌멩이 하나를 집어 들었을 때, 지구 반대편에서는 누군가가 손에 들었던 돌멩이 하나를 땅에 내려놓고 있을지도 모른다.

봄은 어디에서 오는가

소년은 선생님께 물어보았습니다.

"봄이 온 것을 알 수 있는 방법이 없을까요?"

선생님이 말했습니다.

"꽃이 피고 제비 떼가 날아오면 그때가 바로 봄이란다."

소년은 선생님께 다시 물어보았습니다.

"그러면 봄은 도대체 어디서 오는 걸까요?"

선생님이 말했습니다.

"봄은 따뜻한 남쪽 나라에서 오는 거란다."

선생님의 말씀이 소년에게는 답답하기만 했습니다. 아직은 아무런 꽃도 피지 않았고, 제비 떼도 날아오지 않았기 때문입니다. 더구나 따뜻한 남쪽 나라가 어디에 있는지, 소년은 알지 못했기 때문입니다.

그래서 소년은 한 번만 더 선생님께 물어보기로 하였습니다.

"봄은 언제 우리한테 올까요?"

선생님이 말했습니다.

"때가 되면 봄은 저절로 오는 것이니, 너는 기다리기만 하면

된단다."

선생님은 많은 것을 가르쳐 주었지만, 소년은 아무것도 배운 것이 없다고 생각하였습니다.

하는 수 없이 소년은 들판으로 나가 보기로 하였습니다. 들판에서 일하는 분에게 소년은 물어보았습니다.

"봄을 어떻게 좀 만나 볼 수는 없을까요?"

일하는 분은 아무 말이 없었습니다. 그분은 대답 대신 흙 묻은 손을 소년에게 보여 주었습니다.

아, 그때 소년은 그 손이 움켜쥐고 끌어당기고 있는 게 봄이라는 것을 알았습니다. 소년은 자신의 온몸이 조금씩 푸르게 물드는 것을 느꼈습니다.

신(神)도 몰랐다

세련된 도시는 세련되지 않은 장터를 싫어한다. 장터 역시 세련된 도시를 싫어한다.

사람들이 힘들고 외로운 이유는 신이 도시를 만들었기 때문이다. 신은 사람들이 도시 때문에 힘들고 외로워하게 될 것이라는 점을 몰랐을 것이다.

추억에 대한 경멸

빛나는 훈장이나 걸판진 잔치의 기억보다 상처의 흔적이 더욱 사람을 감동시킨다. 기쁨은 가볍고, 아픔은 무거운 것이다. 관심을 가지게 되면 제일 먼저 이름부터 알게 된다. 서로 이름을 안다는 것, 그것은 새로운 관계를 맺는다는 뜻이다. 그렇게 관계를 맺고 나면 서로 함부로 대하지 못한다. 집에서 기르는 개가 자기 이름을 붙여 준 주인을 함부로 물지 않는 것과 같다.

추억을 아무렇지도 않게 여긴다는 것은 자신의 존재 자체를 무시한다는 뜻이다. 그런 사람들은 추억을 촌스럽게 여기고, 낡은 집을 허물어 거기에다 한시바삐 고층 아파트를 세우고 싶어 한다. 추억에다 겹겹이 페인트칠을 하려고 한다. 추억에 대한 경멸이 결국은 존재의 파멸로 이어진다는 것을, 그들은 모른다.

동 행

인간은 두 종류가 있다. 낚싯대를 가진 인간과 카메라를 가
진 인간.

사람들은 자기 자신을 위해서는 곧잘 용기를 내지만 낯선 어
린아이 하나한테 용기를 내는 데는 인색하다.

자신의 힘으로 해결하지 못할 일이 이 세상에는 수없이 많다.

산다는 건 정말로 내가 나를 이끌고 가는 게 아니다. 모든 것
은 동행이다.

가족사진

가족사진은 한 시절의 행복의 척도요, 가족사의 유일한 물증이기도 하다. 적어도 사진관에서 정식으로 찍은 가족사진이라면 누룽지처럼 말라붙은 가난이 드러나지 않는다.

가족사진은 절대로 슬픔이 앉아 있을 자리를 마련해 놓지 않는다. 가족사진을 보면, 그래서 늘 흐뭇해진다. 빙긋 웃음이 나오게 만드는 것, 그것이 가족사진이다.

흑백사진

기억이란 쓸데없는 오해를 불러일으킬 위험이 늘 있다.

때문에 지나간 과거, 특히 아픈 기억의 과거를 함부로 말하는 것은 아주 조심해야 한다.

기차의 창문마다 흑백사진이 한 장씩 다닥다닥 붙어 있다.

모두 똑같은 크기이지만 거기 담긴 사연들은 제각각 다르다.

크기가 같다고 해서 내용까지 같은 것은 아니다. 오래되면 흑백사진도 숨을 쉬며 나이를 먹기 때문이다.

상처받는 일이 생겼을 때, 외롭고 쓸쓸해질 때, 우울하고 막막해서 마음의 손마저 차가워질 때 한 가지 할 일이 있다. 사진첩을 펼치는 것, 사진첩을 펼치면 견딜 수 있게 될지도 모른다.

지나간 것들

지나간 것들은 대체로 아름다운 게 사실이지만, 추억의 뒷면
에는 금계랍처럼 쓰고, 석류처럼 신맛을 가진 것들이 얼마든
지 있다.

몰락의 길을 걷기 전까지 이발관은 마을의 사랑방이었고, 대
처로 나가기 전에 반드시 들르는 통과의례의 장소였으며, 자
질구레한 정보의 집합소였고, 여론의 거름종이였으며, 수다
스런 참새들의 방앗간이었다. 몰락의 길을 걷기 전까지는.

과거란 사라진 시간을 말하지만, 그 영광과 상처의 추억마저
사라지는 것은 아니다.

카메라의 렌즈

카메라의 렌즈는 인생의 황금기를 찍기 위해 열린다. 비록 황금기가 아니라고 하더라도 황금기로 느끼고 싶은 사람을 위해 찰칵, 하고 소리를 낸다. 그게 카메라의 숨결이다.

사진을 찍은 때와 장소, 당시 상황을 한두 문장으로 설명해서 남기고 싶은 마음을 가만히 들여다보면 인간은 무엇인가를 기록하고 싶어 하는 동물인 것 같다. 그래서인가. 낡은 졸업 앨범을 보노라면 오히려 사진보다 사진을 설명하는 짧고 상투적인 글이 더 가슴을 뭉클하게 만들 때가 있다.

사진과 시계

사진은 절대 성급해하지 않는다. 피사체가 카메라의 렌즈 안으로 들어올 때까지 묵묵히 기다릴 줄 아는 미덕이 있다.

피사체가 한 떼의 철새이거나 한 송이의 꽃일 때, 카메라는 적어도 1년을 기다린다. 강산의 변화를 찍기 위해서는 적어도 10년을 기다린다. 그리고 한 사람의 영정 사진을 위해서는 그 사람의 얼굴에 밭고랑 같은 주름이 잡히고 머리가 희끗희끗해질 때까지 수십 년도 기다릴 줄 안다. 사진은 결코 현실보다 한 발 앞서 가려고 바동대지 않는다.

인간은 정확한 시간을 재기 위해 시계를 만들었다. 그런데 이제는 시계가 인간을 뒤쫓으면서 조종을 한다. 서럽지만 인정하지 않을 수 없다.

오래 묵은 것일수록

오래 익은 술일수록 그윽하고 깊은 맛이 나는 것처럼 사진도 오래 묵어 낡은 것일수록 귀하고 소중하다. 금방 현상소에서 빼낸, 따끈따끈한, 화려한 컬러사진보다는 누추한 풍경을 담은, 빛바랜, 촌스러운 흑백사진이 오히려 빛을 발할 때가 많다. 그것은 사진이 사실을 객관적으로 기록하는 데 그치지 않고 얽히고설킨 주변 이야기를 사진 속에 내장하고 있기 때문이다.

뒤를 돌아보는 일은 후회할 일이 많은 자들의 몫이다.

추억의 소중함

모든 사진은 미래에 대한 약속이다. 그렇기 때문에 카메라는, 다시는 되돌아보기 싫은 풍경이나 시간을 찍으려 하지 않는다. 카메라의 의지를 어떻게 꺾을 수 있을까. 불가능한 일이다. 한겨울에 새벽밥을 먹고 고무줄로 이은 토끼털 귀마개로 단단히 무장을 한 뒤에 첫차를 타러 갈 때의 그 발자국 소리! 그 소리를 잊지 못하는 사람은 추억을 소중하게 여기는 사람이다. 그 소리를 기억하는 사람은 따뜻함이 무엇인지를 아는 사람이다.

뉘우침

사람은 뉘우치는 데 익숙하다. 모든 후회는 또 다른 후회를 낳는다는 것을 뻔히 알면서도 오늘 다시 뉘우친다.

뉘우치는 게 다는 아니다. 뉘우침은 그 내용이 무엇이든지 간에 순도 백퍼센트여야 한다. 그럼에도 뉘우침은 뼈가 아프도록 간절하지도 않고, 다만 묽고 싱거울 때가 많다.

참 안타깝다. 만년이 흘러도 남을 글을 쓰라는 뜻으로 만년필을 선물 받았는데, 지금 그 만년필로 글을 쓰지 않는다는 것. 차마 그 만년필로 글을 쓰지 않는다는 것을 말할 수가 없다.

달이 떠 있는 쪽으로 가시오

스물 몇 살쯤에 나는 시골에 있는 친구네 집을 찾아가다가 밤에 길을 잃었다.

여치 소리가 귓가에 톱밥처럼 쌓이는 가을이었다. 시외버스에서 내려 15분 정도 걸으면 친구네 집 불빛이 보이겠거니, 하고 산길을 걷기 시작했는데 그만 길을 잘못 접어들었던 모양이다.

그러나 30분, 40분을 걸어도 마을 입구에 아름드리 느티나무가 있는 친구네 마을은 나타나지 않았다.

그날 밤은 달이 무척 맑아서 길가의 수수밭에 도열한 수숫대들이 달빛 속에 모가지를 늘어뜨리고 있는 풍경이 선명하게 보였다. 수수밭으로 바람이 지나가자, 수수 잎사귀들이 서걱거리는 소리가 들렸다. 내 등줄기에는 식은땀이 흘렀다.

한 시간 정도 산길을 걸었을까. 제법 큼지막한 마을이 하나 산자락에 자리를 잡고 있었다. 나는 마을 입구에 있는 불 켜진 집을 찾아가 주인을 불렀다. 그러고는 길을 잃었는데 어디로 가야 하는지 여쭈러 왔다고 정중하게 말했다. 방 안에는 분명히 백열등이 켜져 있었으며, 인기척을 느낄 수 있었는데도 주인은 대답이 없었다.

나는 다시 친구네 마을 이름을 대며 그곳으로 가는 길을 물었다. 그러자 잠시 후에 방문을 빠끔히 열고 중년 남자가 말했다.

"달이 떠 있는 쪽으로 난 길을 계속 따라가시오."

그가 겨우 반 뼘도 채 안 될 정도로만 문을 열었기 때문에 나는 그의 얼굴을 확인할 수 없었다.

길손이 아무리 밤중에 길을 물었다 하더라도 재워 주지는 못할망정 이건 너무하는 것 아닌가. 적어도 툇마루 끝에라도 나와서 내가 찾아가야 할 길을 소상히 가르쳐 주는 게 사람의 도리가 아닐 것인가. 참 인정머리도 없는 사람이구나 싶어 나는 화가 났다. 게다가 무턱대고 달이 떠 있는 쪽으로 가라니!

하지만 별 도리가 없었다. 달이 떠 있는 쪽으로 난 길을 따라 나는 무작정 걸을 수밖에 없었고, 한참 만에 친구네 집에 당도하게 되었다. 나는 친구에게 그 인정머리 없는 남자 이야기를 했다. 그러자 친구는, 그 사람은 아마 인정이 많은 사람이 아니겠냐며 웃었다. 들어본즉 내가 그날 밤에 길을 잃고 찾아갔던 곳은 한센인 마을이었던 것이다.

친구의 말을 듣고 나서 나는 잠시나마 원망하는 마음을 품었던 그 집주인의 세심한 마음을 이해하게 되었다. 그는 낯선 길손이 자기의 모습을 보고 놀라지 않게 하기 위해 보이지 않는 얼굴로 나에게 길을 가르쳐 준 것이었다.

어머니와 아내의 차이 1

거의 모든 어머니는 물건을 살 때 시장으로 가고 싶어 하고, 거의 모든 아내는 백화점으로 가고 싶어 한다. 파 한 단을 살 때도 어머니는 뿌리에서 흙이 뚝뚝 떨어지는 파를 사고, 아내는 말끔하고 예쁘게 다듬어 놓은 파를 산다. 어머니는 고등어 대가리를 비닐봉지에 함께 넣어 오지만, 아내는 생선 가게에다 버리고 온다.

어머니와 아내의 차이 2

어머니는 손주들의 옷을 고를 때 소매가 넉넉한 것을 사려고 하고, 아내는 아이의 몸에 꼭 들어맞는 옷을 사려고 한다. 어머니는 내일 입힐 것을 생각하지만, 아내는 오늘 입힐 것만 생각하기 때문이다. 신발을 살 때도 그렇다. 어머니는 한 치수 더 큰 것을, 아내는 크지도 작지도 않은 것을 고른다. 어머니는 값을 따지고, 아내는 상표를 따진다.

어머니와 아내의 차이 3

바깥나들이를 할 때 어머니는 으레 긴 치마를 입고, 아내는 짧은 스커트를 입는다. 옷에 때가 묻고 더러워지면 어머니는 자주 손빨래를 하지만, 아내는 빨랫감 대다수를 전자동 세탁기에 맡긴다. 어머니에게는 빨랫방망이와 빨래판이 있으나, 아내에게는 없다. 또 어머니가 빨랫비누를 쓸 때 아내는 가루비누를 쓴다.

어머니와 아내의 차이 4

아침 출근 시간을 들여다보자. 어머니는 "밥 먹자."라고 하시고, 아내는 "식사하세요."라고 한다. 어머니는 밥상을 차려 어떻게든 아침밥을 먹이려고 하고, 아내는 식탁 위에 샌드위치와 우유를 내놓을 때가 많다. 어머니가 "얘야, 사람은 밥을 먹어야지."라고 하면, 아내는 "이 정도 열량이면 건강에 아무런 지장이 없대요."라고 한다. 그럴 때면 배운 게 없는 어머니는 위축되고, 배운 게 많은 아내는 당당해진다.

저녁때도 마찬가지다. 어머니는 유독 당신 아들 앞에 맛있는 반찬을 갖다 놓으려고 하고, 아내는 그걸 보고 샐쭉 토라졌다가는 여섯 살 난 아들 앞으로 반찬을 슬쩍 옮긴다. 고추 달린 아들 둘을 앞에 두고 어머니와 아내가 서로 신경전을 벌이는 것이다.

어머니와 아내의 차이 5

어머니는 손주가 먹다 남긴 밥이며 국물을 아무렇지도 않게 먹지만, 아내는 아들이 먹다 남긴 밥과 국물을 미련 없이 버린다. 또한 설거지를 할 때 어머니는 수돗물을 받아서 하지만, 아내는 아예 처음부터 끝까지 수도꼭지를 틀어 놓고 한다. 기름기 많은 그릇을 씻을 때 어머니는 밀가루를 풀어 하지만, 아내는 합성세제를 사용한다. 그리고 아내가 방이며 거실이며 화장실에 켜놓은 불을 어머니가 하나씩 *끄고* 다니는 것도 심심찮게 볼 수 있는 풍경 중 하나다.

어머니와 아내의 차이 6

어머니는 아무리 급해도 김치를 손수 버무려 담그지만, 아내는 시간이 없을 때는 슈퍼마켓에서 사서 먹을 수도 있다고 생각한다. 어머니는 생신날에도 그냥 집에서 한 끼 때우자 하고, 아내는 생일날이면 분위기 좋은 데 가서 외식을 하자고 한다. 어머니는 나이가 들어도 아들의 생일을 기억하고 있지만, 아내는 가끔 아이의 생일을 잊어버리고 넘어갈 때가 있다. 어머니는 아들의 생일에 밥을 고봉으로 푸지만, 아내는 아들의 생일이라고 해서 밥공기에 굳이 밥을 많이 푸지는 않는다.

어머니와 아내의 차이 7

어머니는 마당이 있는 집에서 상추를 가꾸며 살고 싶어 하고, 아내는 아파트에서 분재나 난을 바라보며 살고 싶어 한다. 그리고 어머니는 방바닥에 요를 펴고 주무시는 게 편하지만, 아내는 언제나 시트가 깔려 있는 침대에 누워야 잠이 잘 온다. 뜨거운 여름날 어머니는 부채와 선풍기로 더위를 이기지만, 아내는 에어컨을 틀어야 여름을 견딜 수 있다. 어머니는 사과를 깎고 나면 씨방 부근에 남은 과육을 다 발라드시지만, 아내는 껍질과 함께 그냥 버린다.

어머니와 아내의 차이 8

어머니는 갓 난 손주에게 모유를 먹이는 게 어떻겠냐고 며느리에게 묻고, 아내는 모유를 먹이면 가슴이 바람 빠진 풍선처럼 된다면서 분유를 먹이자고 남편을 설득한다. 어머니는 장가 든 아들이 가슴 만지는 것을 싫어하지만, 아내는 남편이 가슴을 만져 주는 것을 좋아한다. 세월이 갈수록 어머니는 부끄러움이 많아지고, 아내는 점점 대담해지는 것이다.

어머니와 아내가 목욕탕에 갔을 때 우유 한 통을 두고도 생각의 차이가 드러난다. 어머니는 그 우유를 손주에게 먹이려고 하지만, 아내는 우유로 마사지를 하고 싶어 한다. 어머니는 손주를 생각하지만, 아내는 남편을 생각하는 기특한 순간이다.

어머니와 아내의 차이 9

혹시 시간이 나거든 어머니의 옷장과 아내의 옷장을 각각 들여다보라. 어머니는 시집올 때 가지고 온 저고리를 장롱 밑바닥에 두고두고 보관하지만, 아내는 3년 전에 산 옷은 거들떠보지도 않는다. 어머니는 무엇이든 모아 두려고 하고, 아내는 필요 없는 것은 버리려고 한다. 그래서 어머니의 반짇고리 속에는 크고 작은 단추가 수없이 많이 들어 있지만, 아내는 반짇고리 같은 것을 별로 중요하게 여기지 않는다.

어머니는 신 김치를 좋아하지만, 아내는 금방 담근 김치를 좋아한다. 어머니는 인절미나 수수경단 같은 떡을 좋아하고, 아내는 생크림이 들어 있는 제과점 빵을 좋아한다. 어머니는 설탕을 많이 넣은 자판기형 커피를 좋아하고, 아내는 묽은 원두커피를 좋아한다.

어머니와 아내의 차이 10

어머니는 부적을 가지고 다니면 귀신이 달아난다고 믿고, 아내는 누런 종이에 붉은 글씨며 그림이 그려진 부적을 께름칙한 귀신같다고 생각한다. 어머니는 사찰에 가면 꼭 엎드려 절을 올리는데, 아내는 대웅전의 건축 구조나 풍경 소리에 관심을 가진다. 어머니는 되도록 개고기를 먹지 말라 하시고, 아내는 남편이 보신탕 먹는 일에 전혀 개의치 않는다.

어머니는 산국과 감국을 구별할 줄 알지만, 아내는 가을날 피는 모든 들꽃을 들국화라 부른다. 어머니는 들에 피는 꽃 이름을 많이 알고, 아내는 화원에서 피는 값비싼 꽃들의 이름을 많이 안다. 어머니는 "찔레꽃잎에 세 번 빗방울이 닿았으니 올해는 풍년이 들겠다."고 하는데, 아내는 "엘니뇨현상 때문에 요즈음 비가 많이 오는 건 아닌지 모르겠어요."라고 한다.

어머니와 아내의 차이 11

어머니는 손주에게 친구들하고 싸우지 말고, 싸우더라도 차라리 네가 한 대 더 맞는 게 낫다고 말한다. 하지만 아내는 싸울 때는 바보같이 맞지만 말고 너도 때려야 한다고 아이에게 가르친다. 그런데 참으로 알다가도 모를 일이 있다. 그 손주가 학교에서 같은 반 친구 한 명을 때렸다고 문득 집으로 전화가 온 날 어머니는 은근히 좋아하시고, 아내는 아이를 잡도리해야겠다며 벼르는 것이다.

어머니와 아내의 차이 12

어머니는 아이가 잠들기 전에 배가 고프지 않은지 묻고, 아내는 숙제를 다 했는지 묻는다. 어머니는 다 큰 아들을 '내 새끼, 내 새끼'라고 말하는데, 아내는 그 어머니의 아들을 '이 웬수, 저 웬수'라고 부를 때도 있다. 어머니는 가는 세월을 무서워하고, 아내는 오는 세월을 기다린다. 어머니는 며느리한테 자주 잔소리를 하시지만, 아내가 나한테 잔소리하는 것은 매우 듣기 싫어한다.

외나무다리

살아갈수록 원수는 하나둘 늘어 가는데 그 원수를 정작 외나무다리에서 만날 일은 줄어들었다. 왜냐하면 그 외나무다리라는 것이 점점 사라져 버린 탓이다.

시인의 생각

스님이 길가에 앉아 졸다가 죽으면 살은 썩고 뼈는 삭아 흙이 되고 바람이 된다. 그리고 스님이 들고 있는 염주는 땅에 묻혀 훗날 다시 싹을 틔운다. 그 염주가 자라 열매를 맺게 되면 또 누군가가 새로 염주를 만들어 들고 길을 떠나게 된다.

풀, 들꽃, 나무, 새, 곤충, 물고기에 대하여 가장 많이 아는 사람이야말로 진정한 시인이다.

가장 많이 안다는 것은 가장 많이 느낄 수 있다는 말이다.

이 세상에는 이름을 가지지 않은 것이 아무것도 없으니, 어떤 존재를 이해하기 위해서는 우선 그 이름을 정확하게 제대로 알아야 한다.

시인의 생각은 이렇다.

자전거의 미학

내가 어릴 적에 우리 집에는 덩치 큰 자전거가 한 대 있었다. 차체가 이만저만 무거운 게 아니었으며 짐받이도 보통 자전거보다 두 배는 더 크고 넓었다. 거기에 사람을 태우는 것은 물론 어지간한 짐은 모두 싣고 다닐 수 있었다.

그 자전거는 내가 첫돌을 지날 무렵에 우리 집에 와서 10년이 훨씬 넘도록 집안의 궂은일을 마다하지 않았다. 면 소재지에서 가게를 하시던 아버지에게는 자전거가 훌륭한 짐꾼이었으며 충실한 손발이었다.

저녁때가 다 되어 가는데도 아버지가 돌아오시지 않는 어느 날, 나는 어머니가 시킨 대로 색시집이라고 부르는 술집 마당 안을 두리번거리며 우리 자전거부터 찾았다. 이미 온몸에 벌겋게 녹이 슨 자전거는 아버지가 술집에서 나오실 때까지 저 혼자 그 마당에서 아버지를 기다리고 있는 것이었다.

그걸 발견한 나는 잽싸게 집으로 돌아와 갈매기집이라든가, 풍산옥이라든가 하는 그 술집에 아직도 우리 자전거가 서 있다고 어머니께 말씀드리곤 했다. 그러면 어머니는 한숨을 쉬면서 우리끼리 먼저 저녁을 먹자고 하며 부엌으로 나가셨다. 그때, 어머니의 한숨이 안도의 한숨이었는지 아버지에 대한 원망의 한숨이었는지, 그도 저도 아니라면 삶의 어떤 쓸쓸함에 닿아 있는 한숨이었는지 나는 아직도 잘 알지 못한다.

핸들이며 짐받이에 검붉은 녹이 슬었건만, 그 자전거는 좀처럼 고장이 나는 법이 없었다. 내 기억으로 페달이 닳아서 한 번 새것으로 바꾼 것 말고는 자전거포 신세를 거의 지지 않았다. 요즘 자전거처럼 기어니 헤드라이트니 경음기니 하는 것들이 하나도 안 붙어 있었으니 자주 고장이 날 리도 없었던 것이다. 아버지는 그 자전거가 국산이 아니라 일제 조립품이라는 것을 뿌듯하게 여겼던 것 같다. 새로 나오는 국산 자전거 열 대를 줘도 안 바꾼다고 곧잘 당신의 친구들에게 자랑을 하시곤 했으니 말이다.

나에게 자전거 타는 법을 처음 가르쳐 준 것도 아버지의 그 자전거였다. 아버지는 내가 초등학교 3학년이 될 때까지 자전거를 그냥 끌고 다니지도 못하게 하셨다. 아마도 몸이 허약한 내가 자전거의 무게를 이기지 못할 거라고 나름대로 판단하셨기 때문이었을 것이다.

나는 아버지의 눈을 피해 어떻게든 자전거를 타 보려고 했지만, 자전거 안장 위에 올라앉으면 나는 땅에 발이 채 닿지 않아 자주 넘어지곤 했다.

그렇다고 방법이 아주 없는 것도 아니었다. 키가 작은 나 같은 아이들은 바퀴와 바퀴 사이에 난 공간으로 다리를 집어넣고 안장에다 오른쪽 팔을 괸 채 자전거를 타면 그만이었다. 얼마나 자전거가 타고 싶었으면, 자전거 안장 위에서 페달을 씽씽 밟는 어른이 될 때까지 그렇게 우스꽝스런 자세로 비틀거리면서도 마냥 달렸을까. 예쁘장하게 치장하고 안장도 아이들 키에 맞춘 요즘의 아동용 자전거를 볼 때마다 '가랑이 타기'를 하던 내 옛날 모습이 떠올라 슬며시 웃음이 일어난다. 경북 예천이나 상주 쪽에 가면 등하굣길에 학생들의 자전거 행렬이 줄을 잇는 장관을 볼 수 있다. 따사로운 아침 햇살을 받거나 저물녘의 황혼을 배경으로 떼 지어 자전거를 타고 가는 학생들을 보면 괜히 내 가슴이 두근거린다. 살아서 퍼덕이는 강물의 흐름이 거기에서 감지된다고나 할까.

그중에는 청바지 차림의 여학생들도 절반 가까이 섞여 자전거 페달을 밟는다. 저마다 단발머리를 나풀거리면서.

내가 어릴 때만 해도 어른들은 성숙한 처녀들이 자전거 위에 올라타는 것을 못마땅하게 생각하였다. 내 외할머니는 유독 그 간섭이 심한 분이었다. 어쩌다 마을 처녀들이 긴 머리를 날리며 자전거를 타고 가다가 고개만 까딱 인사를 하고 지나칠 양이면 등 뒤에다 대고 꼭 한 마디 보태는 것을 잊지 않으셨다.

"쯧쯧, 말같이 궁뎅이가 큰 지지배들이 보지에 꾸덕살 백인 데이……."라고.

그 악의 없는 악담에도 불구하고 그 누나들은 시집가서 남편한테 구박받는 법 없이 아이 쑥쑥 잘 낳고 잘 먹고 잘살고 있다.

이따금 텔레비전에서 중국의 천안문 광장의 자전거 행렬이나 울산, 마산과 같은 공단 지역에서 자전거로 출퇴근하는 노동자들의 푸른 물결을 보여 주기도 하지만, 풋풋한 학생들의 자전거 행렬은 또 다른 활력을 느끼게 해 준다.

자전거의 거대한 행렬 앞에서는 오히려 자동차들이 왜소해 보인다. 이 세상의 아름다움이란 날렵한 고속 철도의 속도 속에 있는 게 아니라 아주 작고 느린 움직임들이 모여서 이루어내는 것임을 깨닫게 된다.

구두

사람은 때로 자동차 운전면허증이 없어 누구보다 행복한 사람이 될 수도 있다. 면허증을 내버리는 용기를 내는 것도 행복한 사람이 될 수 있는 한 가지 방법이다.

구두는 부속품이나 액세서리가 아니라 몸의 일부다. 몸의 밑바닥인 밑바닥보다 더 밑바닥을 차지하고 있는 몸인 것이다. 발가락 사이의 질척한 땀과 고약한 고린내를 껴안고 구두는 길 어디라도 따라간다. 아니, 함께 간다. 동고동락이다.

구두를 신은 사람이 기쁘면 구두가 먼저 땅을 박차고 공중으로 뛰어오르고, 구두를 신을 사람이 아파 누우면 구두가 미리 알아채고 현관에서 숨죽인 채 주인을 기다린다.

군대에 있을 때 침으로 군화에 광을 내본 적이 있는 사람은 알 것이다. 자기의 군화도 아닌 것을, 오직 계급이 하나 낮다는 이유만으로 진흙이 덕지덕지 붙은 선임자의 군화를 닦아야 할 때의 비참함을.

구두약도 구둣솔도 변하지 않은 상황에서 오직 혓바닥 끝에 묻어나오는 침과 헝겊 조각으로 '물광'을 내야 하는, 그것도 한겨울 막사 처마 아래 쪼그려 앉아 곱은 손으로 군화를 닦아야 하는 기막힌 운명.

그런 운명 앞에 서면 모든 빛나는 것들을 증오하게 된다.

사람은 발뒤꿈치에 물집이 생길 때 구두를 향해 불평할 줄은 알지만, 그 물집이 굳은살이 되었을 때는 구두의 존재를 깡그리 잊어버리고 지낸다.

중요한 것은 구두가 사람의 그런 인식을 이미 알고 있다는 점이다.

길들여지는 것

발과 구두, 구두와 발, 나아가 구두와 구두의 주인……. 이 둘은 서로가 길들여져야 한다. 서로를 길들여야 한다는 뜻이다. 이해한다는 것은 서로에게 길들여지는 것을 뜻한다. 구두도 그걸 아는데 정작 사람이 그걸 모를 때가 많다.

인간의 귀는 인간의 목소리 이외의 소리를 듣는 데 매우 인색하다. 인간의 한계는 바로 그것이다.

존재한다는 것

이 세상에 완벽한 것은 없다. 모든 것들엔 한계가 있다.

세상은 불완전한 것 천지다.

그 불완전을 넘어서기 위해 모든 것은 존재한다.

존재한다는 것은 한계를 넘어서기 위해 움직인다는 뜻이다.

또한 눈에 보이는 것만 존재한다고 할 수도 없다.

눈에 보이지 않는 것도 반드시 존재한다.

그런데 우리는 그것 때문에 살아간다는 것을 모른다.

004+

고래는 왜 육지를 떠났을까

여 행

진정한 여행은 세상의 출구이자 입구이다. 떠나야 할 때 떠
날 줄 아는 것, 돌아올 때 돌아올 줄 아는 것이다. 모아 둔 돈
을 쓰기 위해, 여가를 즐기기 위해, 눈요기를 하기 위해 떠나
는 여행은 여행이 아니다.

여행에 관한 몇 개의 단상 1

나는 가을 바다를 좋아한다. 뜨겁게 들끓던 것들이 한바탕 지나가고 난 가을 바다의 서늘함과 쓸쓸함 앞에 서 본 적이 있는 사람은 알 것이다. 때로 우리를 우울하게 만드는 데 한몫을 거드는 센티멘털이 가을 바다 앞에서는 얼마나 큰 위안이 되고 힘이 되는지를……. 내가 여름보다는 가을에 바다를 자주 찾아가는 것도 그런 까닭에서다.

나는 벌겋게 달구어진 마음의 한 끝을 옥빛 바닷물에 담가 보면서, 타오르는 열정 하나로 버텨 온 청춘의 시간들을 돌아보곤 하는 것이다.

누구나 타오를 때는 나이와 시간의 흐름을 잊는 법. 가을 바다는 내 나이가 몇 살인지를 알려 준다. 그때 바다의 가슴은 더 넓어지고, 나는 더 단단해진다.

여행에 관한 몇 개의 단상 2

〈마당 깊은 집〉이라는 소설도 있지만, 국도를 타고 가다 보면 길보다 낮은 집을 만날 때가 있다. 집이 길보다 낮은 위치에 있다는 건 아무래도 머무는 일보다 떠나는 일이 그 집 주변에 많다는 뜻이기도 하다. 풍요와 승리를 구가하며 길은 거들떠보지도 않고 막무가내 달려가지만, 실패자로서의 집은 자기가 낳아 기르던 것들을 다 떠나보내고 혼자 남은 것이다. 오랜 세월을 한자리에서 그대로 머물다가 보니 집의 키는 자꾸 낮아진 것이다.

그런 집일수록 울타리는 허물어지기 직전이고, 그런 집일수록 텅텅 비어 있을 때가 많다. 두드리면 허망한 북소리가 날 것 같은 빈집을 한 채 사고 싶다는 나의 꿈은 얼마나 사치스러운 것인가. 빈집에 그래도 꽃이랍시고 피어나는 개망초들처럼.

여행에 관한 몇 개의 단상 3

국도 변의 낡은 정미소를 보면 나는 가슴이 아프다. 녹슨 양철 지붕도 마음을 쓰리게 한다. 어쩌다 그곳을 드나드는 사람을 볼 때도 있는데, 나는 그이의 얼굴에 주름이 너무나 많은 것을 보고 또 가슴이 아프다. 정미소가 늙는 만큼 사람도 늙는가보다.

여행에 관한 몇 개의 단상 4

우리는 그동안 망원경만 들고 우두커니 서서 세상을 바라보려고 했다. 먼 산과 먼 들판을 자기 앞으로 당겨 보려고 했다. 세상을 일방적으로 당기려고 하지만 말고 우리가 세상 속으로 한번 걸어 들어가 보는 건 어떨까.

그러자면 망원경 대신에 마음의 현미경이라도 하나 장만할 일이다. 그러고는 허리를 낮출 일이다. 보이지 않던 것들이 보일지도 모른다. 들리지 않던 것들이 들릴지도 모른다. 느껴지지 않던 것들이 느껴질지도 모른다.

이제 산이나 들판으로 소풍을 나가려거든 불을 피워 땀을 뻘뻘 흘리며 삼겹살 구워 먹겠다는 욕심일랑 좀 덜어내고, 눈여겨보지 않았던 들꽃들의 얼굴을 하나하나 살펴볼 일이다. 그 들꽃들이 저마다 왼쪽 가슴에 달고 있는 이름표를 찾아볼 일이다.

이름을 알고 나면 함부로 대하지 못한다. 우리의 입은 예쁜 꽃에다 침을 뱉지 않는다. 우리의 손은 연약한 꽃대를 꺾지 않는다. 우리의 귀는 풀잎 하나가 흔들리는 소리도 듣는다.

애기똥풀도 며느리밥풀꽃도 모두 사람처럼 여겨져 마침내
한식구가 된다.

여행에 관한 몇 개의 단상 5

지나가는 길에 오래 묵어 나이 많이 잡수신 느티나무가 있거
든 무조건 그 나무와 그 나무의 마을을 경배할 일이다.

여행에 관한 몇 개의 단상 6

다시 가을이다.

기차를 타고 멀리 떠나는 것만이 여행은 아니다. 돌아오는
것도 여행이다.

이 가을, 나는 어디로?

나는 나 자신한테로 돌아오고 싶은 것이다.

버스를 타고 바라보는 풍경

날마다 승용차로 다니던 길을 버스를 타고 한번 지나가 보라. 버스 창문은 승용차를 탔을 때와는 전혀 다른 세계를 보여 줄 것이다. 길가의 키 큰 풀들에 가려 보이지 않던 개울물이 햇빛을 받아 유난히 반짝이는 것을 보여 줄 것이며, 국도 변에 늘어선 지붕 낮은 집들의 마당 안을 훤히 보여 주기도 할 것이다.

그때 당신은 작은 흥분으로 몸을 떨면서 '버스를 탔더니 이 세상이 정말 아름다워 보인다.'고 중얼거릴지도 모르겠다. 내릴 곳을 지나쳐 종점까지 갈지도 모르겠다.

그래도 후회할 필요는 없다. 그만큼 아름다운 세상과 오래 벗했으니 말이다.

바다

바다는 언제 아름답게 여겨지는가. 그것은 바다가 눈에 보이지 않을 때이다. 사람들은 그것을 모른 채 늘 보려고만 안달한다.

세상이 하나인 이유는 바다 때문이다. 바다는 지구 위의 모든 대륙과 손을 맞잡아 완전한 하나를 이룬다. 땅도, 물도 그렇다.

땅은 물을 떠받쳐 주고, 물은 땅을 적셔 주면서 이 세상을 이루고 있다. 저 혼자 완벽한 존재는 없다.

섬

섬에 가면 누구나 만사 제치고 며칠 더 머무르고 싶은 유혹에 빠지곤 한다. 제발 폭풍이라도 불어서 배가 뜨지 못했으면 하고 은근히 기대하기도 한다. 섬의 매력이 오죽하면, 돌아오고 싶지 않을까.

제발 섬에서 한번 갇히고 싶다. 그래서 스스로 섬이 좀 되어보고 싶다. 섬으로 살아가는 것이 얼마나 행복한지 느끼고 싶다.

강

강물은 쉬지 않고 흐른다.

흐름을 멈춘 강이란 이 세상에 없다.

속이 깊은 강일수록 흐름을 겉으로 드러내지 않는다.

바다가 푸른 이유

아주 멀고 먼 옛날, 바다는 푸른빛을 띠지 않았다. 수천 길
물 속이 훤히 들여다보일 정도로 투명했으며, 파도 한 점 없
이 고요했다. 마치 항아리 속에다 우물물을 길어다 둔 것 같
았다.

바닷가에 가서 두 손을 받쳐 바닷물을 떠 보라. 바닷물이 푸
른색이 아니라 투명에 가까운 빛을 띠고 있는 것은, 아주 멀
고 먼 옛날의 바다 흔적이 지금까지도 남아 있기 때문이다.

바다는 게으르기 짝이 없었다. 수평선을 건너 먼 나라로 떠
나고 싶은 모험심도 없었고, 갈매기나 가마우지처럼 열심히
일을 해서 먹이를 얻을 줄도 몰랐다. 하루 종일 꼼짝도 하지
않고 게으름을 피우는 날이 늘어갈수록 바다는 밑바닥부터
썩어 가기 시작했다. 조개와 새우와 물고기들이 썩어 물 위
로 떠올랐다. 투명하던 바다는 먹물을 풀어 놓은 것처럼 점
점 검게 변해 갔다.

이것을 보고 있던 하느님이 마침내 바다를 혼내 주어야겠다
고 마음먹었다. 제 몸이 검게 변해 가도 잠만 쿨쿨 자는 바다

를 깨우는 데는 태풍을 보내 바다를 때리는 것보다 더 좋은 방법이 없었다. 태풍은 지체 없이 바다를 흔들었다. 태풍이 얼마나 바다를 세게 때렸던지 그만 바다는 온몸에 퍼렇게 멍이 들고 말았다.

그때부터 바다는 푸른빛을 띠게 되었으며, 그 후로도 바다가 나태해지려고 할 때마다 하느님은 어김없이 바람과 빗방울을 보내 바다를 일깨우곤 했다.

지금도 여름철이면 아이들이 발가벗고 바다로 들어가 헤엄을 치며 손으로 바다를 찰싹찰싹 때리는 것은, 바다를 잠들게 하지 않기 위해서다.

하느님과 다름없는 아이들의 매를 맞고 오늘도 바다는 저렇게 푸른 것이다.

떠나던 날의 기억으로

강원도 양양 남대천에서 30년 가까이 연어를 잡아 온 한 노인이 말했다.

"해마다 때를 거르지 않고 찾아오는 연어를 보면 사람보다 기특하다는 생각이 들 때가 있지요. 자기가 살아온 터전을 훌쩍 떠난 뒤에 까맣게 그 고향을 잊어버리는 인간들이 얼마나 많습니까."

수백 마리의 연어가 모천으로 회귀하는, 실로 장엄한 광경을 지켜보다가 나는 말문이 막혔다. 알에서 부화한 새끼 연어는 1만 6천 킬로미터나 되는 먼 바다로 여행을 떠났다가 3, 4년이 지난 뒤에 다시 강으로 돌아온다. 기나긴 여행 끝에 자기가 태어난 모천으로 돌아오는 이유는 알을 낳아 종족을 번식시키기 위해서다.

종족을 더 많이 퍼뜨린다는 것은 모든 생물의 본능일진대, 유독 연어의 생태에 우리의 마음이 끌리는 까닭은 무엇일까. 그것은 연어가 자기가 태어난 강을 잊지 않고 기억해 두었다가 반드시 그 강으로 돌아오기 때문일 것이다.

인간의 과학은 아직까지 그 이유를 명확하게 밝혀내지는 못하고 있다. 다만 우리는 강을 거슬러 올라와 알을 낳고 일생을 마감하는 연어의 마지막을 경이에 가득 찬 눈으로 바라보면서 중얼거릴 뿐이다.

"그래, 왠지 모르게 연어는 비린내를 풍기는 하고많은 물고기 중의 하나는 아닌 것 같아."라고.

설이 가까워 온다. 연어가 어머니의 강으로 회귀하듯이 우리는 선물 꾸러미를 챙겨들고, 때때옷을 곱게 차려 입고 우리가 떠나온 길을 거슬러 고향을 찾게 될 것이다. 이른바 '민족 대이동'이 전개되는 것이다.

귀향길 위에 서면 맨 처음 고향을 떠나던 날의 기억이 우리의 마음속에 떠오를 것이다. 좀 더 많은 돈을 벌기 위해, 좀 더 높은 지위를 갖기 위해, 좀 더 깊은 공부를 하기 위해, 좀 더 나은 생활을 하기 위해 우리는 언 손을 호호 불며 고향을 떠났다.

성냥개비만한 새끼 연어가 어른 팔뚝만한 크기로 자라나듯이 우리의 몸과 마음은 고향을 떠나올 때보다는 한결 넉넉해져 있을 것이다. 어떤 이는 대리에서 과장으로 승진을 했고, 어떤 이는 전셋집의 설움을 털어내고 아파트를 하나 장만했을 테고, 어떤 이는 공부를 마치고 박사가 되기도 했고, 어떤 이는 고급 승용차를 타게도 되었을 것이다.

그러나 귀향길이 결코 즐거운 것만은 아니리라. 수백, 수천 마리의 연어가 떼를 지어 돌아오듯이 고향으로 가는 모든 길들이 자동차와 사람으로 빼곡히 들어찰 것이니까 말이다. 그 짜증나는 기나긴 시간을 뻔히 짐작하고 있으면서도 우리는 거의 본능적으로 고향을 향해 간다.

그렇게 힘들게 찾아간 고향에서 우리는 무엇을 하나?

차례를 지내고, 떡국을 먹고, 어르신들께 세배를 드리는 것으로 설을 제대로 보냈다고는 할 수 없다. 이 땅의 건장한 사내들이여, 뿔뿔이 흩어져 살던 옛 동무들을 오랜만에 만나서 사흘 밤낮을 고스톱만 칠 것인가? 또한 아리따운 이 땅의 여성들이여, 어둠이 자욱한 노래방에서 마이크를 부여잡고 오리처럼 꽥꽥 악만 쓸 것인가?

돌아간다는 것, 그 사실 앞에서 우리는 좀 더 경건해질 필요가 있지 않을까. 고향 마을의 느티나무가 우리를 객지로 떠나보낼 때, 좀 더 성숙한 인간이 되어 돌아오라고 손을 흔들던 것을 생각한다면 우리도 이제 그것을 좀 보여 주어야 할 때가 되지 않았을까. 사회적으로 높아진 지위만큼 불룩하게 나온 아랫배를 보여 주는 것도 자랑스럽겠지만, 자기를 키워 준 땅에게 결코 부끄럽지 않을 한 인간의 마음을 보여 주어야 하지 않을까.

나는 자라나는 아이들에게 고향이 더없이 좋은 교육장이라는 생각을 가끔 한다.

세대 간의 단절, 혹은 부모와 자식 간의 거리감이 종종 이야기되는 이유 중의 하나는 서로의 고향이 다르기 때문인지도 모른다.

가만히 한 번 살펴보자. 우리 고향의 주택구조는 무조건 개선해야 할 대상이 아니라 도시의 아파트와 비교해서 얼마나 인간적인 구조를 가지고 있는가를 가르칠 수 있는 훌륭한 교재다. 그리고 마을과 마을 사이에 난 크고 작은 길과 오래된 나무들과 흙담, 밭두렁의 높낮이, 펄럭이는 비닐하우스, 먼 마을의 저녁연기……. 고향을 이루고 있는 것들은 아무리 하찮은 것일지라도 아이들의 호기심을 끌어당길 수 있으며, 살아 있는 신선한 교재로 손색이 없다.

자신이 알고 있는 만큼만 아이들에게 설명을 해 보자. 그런 교육의 효과는 눈에 보이지도 않고 금방 그 결과가 나타나는 것은 아니지만, 아이들의 마음속에 고향의 존재를 오래오래 각인시켜 줄 것이다. 고향을 모르고 살아가는, 각지고 살벌한 아파트가 고향인 요즘 아이들에게 우리들의 고향만큼 따뜻한 선물이 또 있을까.

고향에 가서 구두 바닥에 진흙 묻힐 일을 상상하느라 신발장 속에 있는 구두의 마음이 벌써부터 설렌다.

가고 싶은 곳을 갈 수 없다면

오토바이를 타면 자신이 누구인지 아무도 모른다. 다만 달릴 뿐이고, 달리는 사람을 바라보는 사람은 달리는 사람의 나이가 열일곱이라는 것도, 학교도, 이름도 알지 못한다. 오토바이 위에서는 심지어 자신까지도 까맣게 잊어버릴 때가 있었으니 말이다.

사람들은 발길 닿는 대로 갈 수 있다고 착각한다. 사람들의 발걸음이 시작되는 곳에서 끝나는 곳까지가 감옥의 내부라는 걸 모르기 때문이다. 가고 싶은 곳을 지금 막 바로 갈 수 없다면 그건 감옥 속에 있다는 뜻인데 말이다.

자유

우리는 혼자가 되면 언제 어느 곳에서든지 자유가 보장된다고 생각한다. 하지만 그것은 착각일 뿐이다. 그 누구도 혼자서는 자유로울 수 없다.

네가 자유로워야 내가 자유로울 수 있고, 내가 자유로워야 너도 자유로울 수 있는 것이다. 서로가 물들어 버리기 때문이다. 물든다는 것은 마음이 마음을 만나는 것이다. 마음이 마음을 만나 따뜻해지는 것이다.

꽃씨가 꽃씨로 사는 것은 무엇보다 작고 가볍고 단단하기 때문이다. 작아서 짐승의 못된 뿔에 부딪힐 일이 없고, 가벼워서 가장 멀리까지 날아갈 줄 알며, 단단해서 쉽게 깨지지 않는다. 꽃씨는 이쪽 마음의 꽃이 저쪽 마음의 꽃에 가 닿을 때까지 온몸에 고인 향기를 함부로 퍼뜨리지 않는다.

말은 때로 상대방을 간섭하고 구속한다. 특히 좋아한다, 사랑한다는 말은 입술을 벗어나는 그 순간부터 가벼워지곤 한다.

거북의 시계

인도의 열차는 도착 시간을 어기는 것으로 유명하다. 6만 킬로미터에 달하는 전체 철도의 길이는 세계에서 손꼽을 만하지만, 기차가 제시간에 도착하는 경우는 거의 없다. 그러니 출발 시간도 제대로 지켜질 리가 없다.

그런데 언젠가 열차가 시간을 아주 정확하게 맞추어 플랫폼으로 들어온 적이 있었다. 사람들은 모두 깜짝 놀랐다. 전에는 한 번도 그런 적이 없었기 때문이다.

방금 도착한 열차를 향해 허겁지겁 뛰어가는 사람을 붙잡고 누군가가 말했다.

"제시간에 기차를 타게 되어 참 좋겠군요."

"흥, 그런 말은 하지도 마시오."

"아니, 왜요?"

"이 기차를 타기 위해 나는 꼬박 24시간을 대합실에서 기다렸단 말이오."

정확하게 하루를 연착한 열차 이야기는 인도에서 널리 알려진 이야기다.

이 이야기를 나누면서도 인도 사람들은 철도 행정을 나무라거나 짜증나는 기다림에 대해 핏대를 세우는 법이 없다. 별로 대수로운 일이 아니라는 듯 그저 허허 웃고 넘길 뿐이다. 인도 여행 중에 나도 그 비슷한 일을 직접 겪은 적이 있다. 푸나에서 바라나시로 가는 길이었는데, 시골의 자그마한 역에 멈춰 선 열차는 승객이 다 올라탔는데도 떠나지를 않았다. 인도에서 열차가 몇 시간쯤 연착하는 것은 예삿일이라는 것을 알고 있었기에 우리 일행은 태연한 척하며 눈을 붙였다. 우리는 이미 기차의 간이침대에서 하룻밤을 자고 난 뒤였지만 흔들리는 객차의 불편한 잠자리에 익숙하지 않았기에 깊은 잠을 잔 것은 아니었다.

한 시간쯤 단잠을 잤을까. 눈을 떠 보니 열차는 내가 잠들기 전의 그 자리에 꼼짝도 하지 않고 서 있었다. 서서히 마음이 조급해지기 시작했다. 내가 몇 번이나 시계를 들여다보는 동안 열차 안의 인도 사람들은 차를 마시거나 누런 채소 커리를 손으로 우악스럽게 집어먹으며 두런두런 이야기들을 나누고 있었다. 열차가 가거나 말거나 거기에는 도무지 관심이 없어 보였다. 물론 안내 방송도 없었고, 간혹 지나가는 승무원도 해명의 말 한마디 하지 않았다. 구걸을 하는 꼬마 아이들이 힌두의 신 시바의 그림을 보여 주며 몇 번이나 손을 내밀었고, 우리는 그때마다 소리를 질러 그들을 뿌리쳐야 했다.

그런데 아뿔싸! 서 있는 열차 안에서 몇 시간 동안 승객들이 먹고 마셔댔으니 그 오물들이 다 어디로 가겠는가. 아닌 게 아니라 선로 위에 오물들이 한 무더기씩 탑을 이루어 가고 있었다. 모락모락 김이 나는 그 먹이를 찾아 돼지와 염소와 개, 그리고 까마귀들이 몰려들었다. 그러나 그걸 보고 이맛살을 찌푸리는 사람은 우리밖에 없었다.

결국 기차는 시골 역에 멈춰 선 지 열 시간 만에 몸을 스르르 움직이기 시작했다. 하지만 나는 떠난다는 기쁨보다 인도 사람들의 태연함과 여유 만만함, 그리고 유유자적을 지켜보며 고개를 갸웃거릴 수밖에 없었다.

우리나라에 돌아와서 생각해 보니 그들의 '느림'이야말로 그들의 삶이라는 생각이 들었다. 우리 같은 여행객들의 눈에는 그 '느림'이 더할 수 없이 답답한 것으로 보였지만, 그게 그들의 '속도'였다.

혹자는 그들의 느려 터진 비경제적인 속도 때문에 지금의 인도가 그 모양 그 꼴이라고 비아냥거릴지도 모른다. 그렇다면 쏜살같은 속도를 경배하며 살아온 우리는 지금 제대로 꼴을 갖추며 살고 있는 걸까? 우리는 느릿느릿 살아가는 것을 나태라고, 더 나아가 죄악이라고 여겨 왔다. 하나라도 더 많이, 1초라도 더 빨리 새로운 것을 만들어 내다 팔아야 한다는 경제 논리에 사로잡혀 여기까지 뒤도 안 돌아보고 달려왔다.

그리하여 한 사람이라도 더 밟고 올라서야 내가 살아남는다는 경쟁의식이 전염병처럼 우리를 지배해도 그것을 당연하게 받아들였다.

그래서 남은 게 도대체 무엇일까?

토끼와 거북의 경주에서 우리는 수십 년 동안 토끼 편을 들었다. 거북은 도저히 닮아서는 안 될 실패의 표본이었다. 그러나 토끼가 차고 있는 시계와 거북이 차고 있는 시계의 바늘은 모두 똑같은 속도로 움직인다. 하루는 스물네 시간이고, 1년은 8,760시간일 뿐이다. 우리도 이제 토끼의 시계 대신 거북의 시계에 관심을 둘 때가 되지 않았나 싶다.

스치고 지나가면

산이 좋아 산에 오른다고 해서 나무에 대해 많이 알 수 있는 것은 아니다. 먼 곳으로 여행을 떠나 본 적이 없는 고장 사람들, 그들이 산의 나무에 대해 가장 많이 알고 있다.

스치고 지나가면 모르는 것이 많다. 천천히 가야 꽃잎이 몇 개인지 알 수 있다. 천천히, 아주 천천히…….

꽃들은 바람을 좋아하지만, 모든 바람을 좋아하는 것은 아니다. 꽃들에게도 취향이 있다.

빨리 달리다 보면

점점 빨리 달리다 보면 사람들은 모두 아무것도 모르는 바보가 될지도 모른다. 빨리 달리는 데 취해 있으면 자기 자신이 누구인지, 왜 사는지도 모르고 살아가게 된다. 그건 정말 비극이다.

빠르다는 것은 서로 더 많은 것을 빼앗을 수 있도록 도와주는 일밖에 되지 않는다.

가출과 출가

세상하고 타협해서 얻은 여행은 여행이 아니다. 세상은 우리가 한가로이 즐길 수 있는 대상이 아니라 부단히 무너뜨려야할 곳, 그래야만 새로운 것이 건설되는 곳이기 때문이다. 그러므로 세상을 무너뜨리는 일에 나섰다가 지친 사람들만이 여행을 떠날 자격이 있다.

세상한테 떼쓰며 대들던 소년은 가출을 하고, 세상의 깊은 속을 들여다보려고 몸부림치던 사람은 출가를 한다.

가출과 출가, 이 두 가지 여행 중에 더 진정성을 갖는 여행이 뭐냐고 묻는다면 나는 출가보다 가출의 손을 들어 주고 싶다. 돌아올 수 없는 다리를 훌쩍 건너가 버리는 출가는 이 세상에 대해 책임지려고 하지 않지만, 언젠가는 분명히 돌아오는 가출은 돌아오는 그날까지 세상 속에서 부대끼며 전전긍긍할 것이 뻔하다.

이런 전전긍긍 없는 여행, 전전긍긍 없는 생활, 전전긍긍 없는 문학이 있다면 그건 속임수에 다름 아닐 것이다. 우리는,

나는 앞으로도 끊임없이 전전긍긍해야 할 것이다.

나는 가출 한 번 하지 않았다. 험한 세상을 머리로만 익혔지 가슴에 담지 못한 죄가 크다. 나는 가출한 아이를 찾아 나섰던 선생이었지 나 스스로 가출 소년이 되어 보지는 못했다. 아내와 아이들이 나에게 줄을 대고 있으니 출가는 이미 물 건너 간 일이고 아직 물 건너가지 않은 가출이나 어느 날, 문득, 아무도 모르게 해 버릴까 보다.

잠자리와 비행기

잠자리는 가끔 이렇게 말한다.

"이상한 일이에요. 창문을 열고 있는 비행기를 본 적이 없거든요. 하늘을 날 때나 쉬고 있을 때나 비행기의 문은 꼭꼭 닫혀 있거든요. 보고 싶은 것을 보여 주지 않는 것을 보면 비행기도 어른을 닮은 게 분명해요."

이 말을 들은 어른은 아무 소리도 하지 못한다.

하늘을 날아다닌다는 점에서 잠자리와 비행기는 닮은 데가 많다. 하지만 비행기가 날 수 있는 하늘은 잠자리가 날아다니는 하늘보다 좁다. 그것이 잠자리와 비행기의 차이다.

사람들은 잠자리의 입장에서 비행기를 보고 이렇게 말할 수도 있다.

"세상에! 저렇게 엄청나게 큰 잠자리는 생전 처음 보는군."이라고.

고래는 왜 육지를 떠났을까

사람들에게 수평선은 아득한 곳일 수도 있다. 하지만 어린 갈매기들에게 수평선은 '넘어서는 안 될 선'이란 뜻이다. 무엇이든 보는 사람에 따라 다르다. 그게 관점이다.

고래는 왜 육지를 떠났을까. 간단하다. 고래는 육지에서의 삶에 지쳐서 바다로 간 것이다. 사람도 그렇다. 자신을 지치게 하면 그곳이 어디든 떠나고 싶어진다.

포 장

자본주의는 처음에 플라스틱을 만들어 팔지만, 플라스틱은 사람과 사람 사이의 향기를 지워 버리고 가짜를 그럴싸하게 포장하여 진짜처럼 둔갑시킨다.

컬러 또는 천연색, 혹은 총천연색이라는 말은 사실 자연의 빛깔에서 멀어진 빛깔이라는 뜻이다. 인공적인 빛깔이라는 말을 교묘히 숨기기 위한……. 총천연색이라고 해서 다 아름다운 것은 아니다.

낙숫물 소리

비 오는 날의 낙숫물 소리를 대수롭게 여겨서는 안 된다. 처마 끝에서 떨어지는 낙숫물 소리는 절대로 사람을 속이지 않는다. 사람은 언제 낙숫물 소리처럼 아무리 사소한 것도 속이지 않게 될까.

005+

그의 이름을 불러 주자

관계 맺음

관계를 맺는다는 것은 무엇인가. 그건 마음속에 오래 품고 있던 꿈을 실현한다는 뜻이다.

관계를 맺는 것처럼 중요한 것은 없다. 관계를 맺는 순간, 이 세상이 얼마나 풍요로운 곳인지를 우리는 알게 된다. 그리고 이 세상에 사랑해야 할 것들이 얼마나 많은지도 알게 된다.

평소에 눈여겨보지 않던 것들이 저마다 이름을 하나씩 갖고 있으며, 저마다 소중한 작은 우주를 이루고 있다고 생각하면서 무지하기 짝이 없는 인간이었음을 뒤늦게 깨닫게 된다.

존 재

모든 사물은 세상을 위해 존재한다. 이 세상을 위해 존재하지 않는 사물은 하나도 없는 것 같다. 그리하여 이 세상에는 버릴 것이 하나도 없다.

보이지 않는 끈

우리는 모두 보이지 않는 끈으로 연결되어 있다.

그렇지 않다면 이쪽 마음이 저쪽 마음으로 어떻게 옮겨 갈
수 있겠는가.

그렇지 않다면 누군가를 어떻게 사랑하고 미워할 수 있겠는가.

꽃들에게 이름을

내가 다니던 산골 학교 부근에는 봄이면 어김없이 봄꽃들이 저마다 다투어 피어나곤 했다. 쌀쌀맞은 여자아이처럼 3월에도 간혹 눈발이 비치곤 했지만 학교 뒤뜰에 자리 잡은 관사 앞의 매화 한 그루는 그에 아랑곳하지 않고 하나둘 꽃을 피우기 시작했다.

긴 겨울 끝에 처음으로 이 세상에 꽃을 피우는 자의 엄한 절제력 때문일까. 매화나무는 결코 서두르는 법이 없었다. 햇볕이 가장 많이 닿는 곳부터 하얀 꽃송이를 달아 놓기 시작하더니, 거의 한 달 가까운 시간이 흐른 이제야 비로소 자기 자신을 완성한 것이었다.

만개한 매화는 마치 매화나무가 벌들을 위해 마련해 놓은 화사한 잔칫상 같다.

그 잔칫상에 며칠 전부터 이름을 알 수 없는 새 두 마리가 날아들었다. 몸집이 어른 손으로 한 뼘도 더 되어 보이는 잿빛의 그 새들은 이 가지에서 저 가지로 옮겨 앉으며 부리로 열심히 벌레를 쪼아 먹었다. 그 풍경을 그림으로 그린다면 화

조도(花鳥圖)라는 제목을 붙일 수 있을 터이다.

나는 수업이 비는 시간이면 뒤뜰에 쪼그리고 앉아 그 이름 모를 손님들을 바라보곤 했다. 그러다가 나는, 내가 새 이름도 모르고 그저 바라보기만 하고 있었다는 것을 알고는 적잖이 부끄러워졌다. 그래서 교무실에서 동료 선생님들께 여쭤보기도 하고, 수업 시간에는 이 고장에서 오래 산 아이들에게도 물어봤으나, 그 새의 이름을 아는 사람은 아무도 없었다. 오히려 아이들은 새에 대해 엉뚱한 관심을 갖는 나를 이상하다는 듯이 바라보았다.

나는 봄이 다 가기 전에 그 낯선 새의 이름을 꼭 알아야겠다고 마음먹고 있었는데, 어느 날부터인가 매화나무에 그 손님들이 날아오지 않는 것이었다. 자기의 이름을 모르는 인간들의 무관심을 그들은 어디서 부리로 콕콕 쪼아댈지도 모른다는 생각이 들었다.

내가 그렇게 안타까워하는 동안, 학교 후문 쪽에 서 있던 산수유가 꽃을 피웠다.

"후문 쪽에서 노란색 꽃을 마구 흔들고 선 나무 이름을 아는 사람?"

나는 수수께끼를 내듯 아이들에게 물었다. 그런데 산수유를 알고 있는 아이는 한 학급 학생 수의 절반도 채 안 되는 게 아닌가. 아이들은 지금 동네 뒷산의 산발치에서 흰 꽃을 피우는 조팝나무를 모르고, 비탈밭의 복숭아꽃과 살구꽃을 구별하지 못하면서 이 봄을 보낼 거라는 생각이 들었다. 십수 년을 산골에서 살아온 아이들이 그러할진대 도회지에서 사는 아이들은 더 말할 것도 없을 것이다.

학교에서 아이들을 가르치던 나는 아이들 하나하나의 이름이 얼마나 중요한지를 잘 안다. 일 년 동안 이름 한 번 불러 주지 않는 선생님을 야속하게 생각하는 아이도 보았고, 이름을 불러 준다는 것 하나만으로 늘 생글생글 웃는 아이도 보았다.

이 세상에 이름이 없는 나무는 하나도 없다. 그러므로 우리가 '이름 모를' 나무는 한 그루도 없는 것이다. 꽃이나 풀이나 새도 마찬가지다. 그들이 서운하지 않게 이름을 불러 주자.

관 심

우는 사람을 달래는 방법은 전혀 없는 것처럼 보인다. 그렇다고 방법이 없는 것은 아니다. 우는 사람을 만났을 때 달래고 싶다면, 그 옆에서 울음이 그칠 때까지 기다려 줄 필요가 있다.

그녀는 석류꽃을 알까? 그녀는 석류꽃이 되고 싶을까? 그녀는 석류꽃이 되고 싶어 석류꽃 모양으로 치마를 펼쳤을까?

반딧불 나무

인도의 봄베이 국제공항에 내렸을 때 처음 나를 반겨 준 것은 놀랍게도 까마귀였다. 수많은 외국인들이 오가는 공항 청사 안을 유유히 까마귀가 날아다니고 있었던 것이다. 내 머릿속에는 서구 현대 문명의 손길로부터 한 발자국 물러앉아 있는 인도의 자연이 떠올랐다. 까마귀가 인간과 어울려 살 수 있는 곳이라면 아직은 자연 환경이 덜 훼손된 곳일 터이다. 인도는 세계적인 고대 유물들이 곳곳에 남아 있지만 그런 유물들보다 더 오랜 역사를 가진 인도 대륙의 자연을 나는 꼭 눈여겨보아야겠다고 생각했다.

그러나 공격적인 서구 문명이 인도를 그냥 내버려 두지 않는다는 사실을 나는 한 달 내내 괴롭게 확인해야 했다. 이미 인도에서는 1984년 보팔시의 살충제 원료 유출 사고로 수천 명이 목숨을 잃고 수십만 명이 실명하는 참사가 있었다. 그리고 도시화가 진행되는 곳에서는 어김없이 자동차의 매연과 공장 폐수가 인간을 위협하고 있었다.

공해 산업으로부터 아무런 방비책도 갖추지 못한 채 멍들어

가는 땅을 보며 70년대 이후 우리나라의 현실이 생각나서 더욱 가슴이 아팠다. 게다가 누가 보아도 터가 좋다 싶은 곳은 철조망이나 벽돌담을 둘러쳐 놓았는데, 그것은 부자들이 별장을 짓거나 땅 투기를 할 목적으로 사들인 땅이었다. 인도에 급속하게 스며들고 있는 자본주의 문화는 물려받은 자연에 대한 소유 개념을 넓게 퍼뜨리고 있었다.

그래도 나는 도시를 벗어나면 작은 안도감이 생기곤 했다. 두 마리의 흰 소가 끄는 쟁기로 밭을 가는 노인, 호미로 자갈밭을 일구는 여인네들, 동네 어귀에서 자치기를 하는 아이들, 한가롭게 풀을 뜯는 양 떼들을 보면서 흡사 우리의 어느 시골 마을에 와 있는 듯한 기분이 들었다.

인도의 남서쪽에 있는 고아주의 해변에서 한 며칠 빈둥거리며 쉬다가 돌아오는 길이었다. 파나지에서 봄베이로 가는 침대 버스는 눅눅한 우기의 밤공기를 헤치며 달리고 있었다. 하룻밤을 꼬박 차 속에서 시달려야 한다는 생각으로 차창 밖을 내다보고 있었는데, 그때 내 눈을 번쩍 뜨이게 하는 풍경이 있었다. 밤하늘에서 빛나야 할 별들이 몽땅 길가의 풀숲으로 내려와 있었던 것이다.

자세히 보니 그것은 반딧불이었다. 버스는 벌써 수십 킬로미터를 달리고 있는데 반딧불이 밝히는 불빛은 끝이 없었다. 미루나무처럼 키가 큰 어떤 나무는 온몸에 반딧불을 크리스

마스트리처럼 매달고 여름밤을 밝히고 있었다. 나는 그 나무를 반딧불나무로 부르고 싶었다.

반딧불이 펼치는 풍경이 너무나 찬란해서 나는 자동카메라를 들이대고 수없이 셔터를 눌렀으나 아쉽게도 인화할 수 있는 필름은 한 장도 없었다. 반딧불과 함께 나를 설레게 한 것은 시골 마을의 감자 삶는 냄새와 개구리 소리였다. 그날 밤의 반딧불을 떠올리면 나는 아직도 인도를 여행하고 온 게 아니라, 우리나라의 30년 전쯤으로 되돌아갔다가 온 듯한 느낌이 든다.

생명의 마음

생명의 마음이란 연약하기 그지없다. 이 세상 나무들은 연약한 자기의 마음을 나뭇가지 끝에 매달아 놓고 살아간다. 자작나무 가지 끝이 파르르 파르르 떨리는 것은 자작나무의 마음이 아프다는 뜻이다.

관심과 책임

어린아이가 성장한다는 것은 혼자 해야 할 일이 한 가지씩 늘어난다는 뜻이다. 아이를 키워 본 사람은 안다. 아이가 맨 처음 숟가락을 잡고 입으로 먹을 것을 떠 넣을 때, 그것을 옆에서 가만히 지켜보는 기쁨을…….

그 기쁨이 덧쌓일수록 아이가 떠나는 날이 가까워온다는 사실조차 까맣게 잊어버리고 부모 된 이는 아이에게 가지고 있는 모든 것을 쏟아 부으려고 한다.

그런데 아이 입장에서 보면 커갈수록 불만스러운 일이 더 생겨난다. 이 세상에 대해 스스로 책임져야 할 일이 많아지기 때문이다.

나무와 톱

나무가 가장 두려워하는 것은 무엇일까?

그것은 총도 아니고 칼도 아니고, 바로 톱이다. 나무들은 몸에 총알이 들어와 박히면 그저 티눈이 몇 개 생겼거니 하고 대수롭지 않게 여긴다.

나무껍질을 슬쩍 벗기기도 하는 칼도 마찬가지다. 살갗에 생긴 사소한 생채기는 세월이란 좋은 약이 치료해 주기 때문이다. 그러나 톱은 다르다. 톱은 아예 잘라낸다. 나무에게는 톱이 가장 무섭고 두려운 존재다.

이름을 불러 주세요

어른들은 대체로 이름을 널리 알리거나 크게 내세우려는 경향이 있다. 그래서 명함을 만들어 돌리거나, 여러 사람이 함께 거론될 때는 맨 앞에 자신의 이름을 내걸고 싶어 한다.

이름이란 아주 작은 것이다. 겨우 세 글자인 것이다. 그런데도 이름이 커지는 것은 타인이 그의 이름을 불러 주기 때문이다.

어 른

어른들이란 자신이 못다 이룬 것을 꿈이라는 이름으로 그럴

듯하게 포장하는 존재, 그리하여 아이들이 살아갈 시간 속에

그것을 막무가내로 우겨 넣는 존재이다.

어른들이란, 우길 줄만 알지 정작 꿈이 무엇인지 모른다.

어른과 아이의 차이

눈사람은 말한다.

"햇빛보다 더 무서운 것은 어른들이야. 어른들은 눈사람을 만들 줄도 몰라. 그들은 눈사람을 발로 찰 줄만 알 뿐이지."

눈사람에게도 뜨거운 감성과 차가운 이성이 있다.

아이들이란 어른을 감동시키기 위해 존재한다. 어른들은 아이들보다 나이를 더 먹었다는 것 빼고는 내세울 게 없다. 어른이 되고서야 그 진실을 깨닫는다.

어른은 어렵게 '대변'이라고 말하고, 어린이는 쉽게 '똥'이라고 말한다. 어른은 명함을 만들어 돌리고, 어린이는 초등학교 1학년이 지나면 명찰을 떼어 버린다.

교실은 어디에도 있다

지난 가을 강원도에 갔을 때, 오대산 깊은 산자락에 방목해 놓은 소들을 본 적이 있다. 수백 마리의 소를 인가 하나 없는 산에다 풀어 놓고 키운다는 것이었다. 그러면 소들은 움막도 없는 곳에서 저희끼리 풀을 뜯어먹고 새끼를 낳고 살아간다고 한다.

그게 다 육질 좋은 고기를 맛보겠다는 인간들의 철저한 계획 아래 이루어지고 있는 일이기는 하지만, 그래도 한가하게 풀을 뜯고 있는 소를 보면서 나는 내심 부러웠다. 교실이라는 공간 속에 갇혀 있는 우리의 아이들이 문득 생각났기 때문이다.

우리의 제도 교육은 아이들을 일정한 틀 속에 가둬 놓고, 성장하는 어린아이들의 사고 자체까지 획일화시키는 데 그동안 너무 몰두해 왔다. 아이들을 드넓은 풀밭에다 방목해서 키우는 교육은 불가능한 것일까?

아들 녀석이 초등학교에 들어갈 때 주위에서 아이의 등을 두드리면서 한마디씩 말을 건넸다.

"너도 좋은 시절 다 갔구나."

"이제 고생문이 훤하구나."

입학을 축하해 주기보다 앞으로의 생활을 염려해야 하는 세상에 우리는 살고 있다. 예비 소집일에 아이의 손을 잡고 학교에 간 날, 교문 앞에 학습 교재를 선전하는 사람들이 장사진을 이루고 있는 것을 보고 나는 가슴이 답답했다. 교문이 고생문이라는 말인가?

내가 처음 학교에 입학할 때만 해도 학교는 신비로운 배움의 장소였다. 학교는 누런 창호지로 된 우리 집의 미닫이 문짝 대신에 반짝반짝 빛이 나는 유리창이 있는 곳이었고, 우리 집에는 동화책 한 권이 없었지만 학교 도서실에는 책꽂이 가득 책이 꽂혀 있었다. 그리고 몸이 아프면 가서 약을 타 먹고 누울 수 있는 양호실이 있었고, 또한 안경을 낀 선생님이 언제나 우리들을 기다리고 있는 곳이었다.

하지만 요즘 아이들은 학교도 들어가기 전부터 많은 선생님들을 만나야 한다. 유치원 선생님, 미술 학원 선생님, 피아노 학원 선생님, 태권도 도장 선생님…….

교육에 있어서 제도와 형식 자체를 무시하자는 얘기가 아니다. 아이의 성장을 필요 이상으로 촉진시키는 화학 비료와 같은 교육보다는 성장을 옆에서 도와주는 거름과 같은 교육이 그립다.

'교육적'이라는 수식어를 붙이고 행해지는 수많은 비교육적인 것들이 우리 주변에는 얼마나 많은가. 그런 비교육적인 것들로부터 아이들을 해방시켜 주는 게 진정한 부모의 몫이 아닐까.

아이를 입학시킨다는 것은 학부모 입장에서는 새로운 기대감에 젖는다는 것이다. 그러나 또 한편으로는 아이에게 걸었던 기대가 날이 갈수록 조금씩 실망감으로 전환된다는 것을 모든 학부모들은 잊지 말아야 한다. 아이들은 어른들의 기대대로 자라는 게 아니라 그들이 품은 꿈의 크기대로 자랄 뿐이다.

그리고 아이의 성장을 부모가 너무 간섭해서도 안 되지만 학교에 모든 것을 떠맡기고 등짐을 지고 있지는 말자.

부모와 여행할 기회가 있으면 아이들이 학교에 나오지 않아도 좋다고 한 어느 멋진 교장 선생님의 교육관이 뜻하는 바가 무엇인지 곰곰 생각해 볼 일이다.

차이

양파는 가슴속에 아무것도 감추지 않는다. 자신을 위해 아무것도 남기지 않는다. 자장면 속에 들어가서는 자기가 양파라는 것조차 잊어버리고 그대로 자장면 냄새가 되어 버린다. 그것이 양파의 숨결이다. 양파의 숨결이 없다면 자장면의 맛은 어떻게 되었을까.

자기와 닮은 것을 만나면 누구나 친근감을 가지는 법이다.

우리는 그야말로 우리다. 만약에 우리에게 차이가 있다면, 어떤 사람이 '부추'라고 발음하는 것을 어떤 사람은 '솔'이라 하고, 또 어떤 사람은 '정구지'로 부른다는 것뿐이다. 그건 차이일 뿐, 다른 게 아니다.

다름

나는 혼자인 게 싫어 강을 따라 내려가려고 했고, 너는 혼자이고 싶어 강을 거슬러 오르려고 했다.

나는 이 세상에 대해 아는 게 별로 없어서 겁이 많았고, 너는 아는 게 너무 많아 두려움이 없었다.

나는 내가 누구인지 말할 자신이 없었지만, 너는 네가 누구인지 말하고 싶어 안달을 했다.

사무친다는 것

우리가 잊지 말아야 할 게 있다. 사랑에는 속도가 필요 없다는 것이다. 편리한 것보다는 편한 게 사랑 아닌가.

사무친다는 것은 무엇인가. 상대의 가슴속에 맺히고 싶다는 뜻일 것이다. 무엇으로 맺히는가?

흔적, 지워지지 않는 흔적으로 맺힘. 바로, 사무침이다.

욕망의 크기와 비석의 크기

인간들은 사람이 죽으면 무덤 앞에 비를 세우기를 좋아한다. 인간들이 살아 있을 때 품은 욕망의 크기와 비석의 크기는 비례한다. 심지어 인간들은 살아 있는 자의 비석까지 세우는 어리석음을 범하기도 한다.

하지만 연어들은 죽은 연어를 위해서 비석 따위를 세우지 않는다. 연어들은 죽음을 묵묵히 바라봄으로써 스스로의 슬픔을 삭인다.

〈연어〉 뒷이야기

자전거를 타고 내리막길을 달리다가는 그 속도감이 주는 쾌감 때문에 문득 핸들을 손에서 놓아 버리고 싶을 때가 있다. 고춧가루가 벌겋게 발린 맵고 짠 김치를 늘 먹다 보면 배추를 버무리다가 만 것 같은 좀 허연빛이 도는 김치를 버석버석 씹어 먹고 싶을 때도 있다. 이름하여 일탈!

나는 그동안 시라는 핸들과 서정이라는 벌건 김치에 매달려 다른 쪽에 눈을 돌릴 틈도 없이 아등바등 지내온 것 같다. 좀 더 솔직하게 말을 하면 이야기를 묶어내고 풀어내는 서사 양식에는 도대체 자신이 서지 않았던 게 사실이다.

그런데 '연어'라는 물고기를 만나면서부터 나는 나름대로의 일탈을 염두에 두게 되었다. 하고많은 물고기 중에 왜 하필 연어냐고 묻지 말아 주시기를 바란다.

'연어'라는 말을 듣는 순간, 그리하여 연어의 생태에 관심을 가지기 시작한 순간 나는 가슴이 아파서 이것의 이야기를 쓰지 않으면 안 될 것 같은 의무감에 사로잡히고 말았다. 그런데 그것이 나의 한계인 줄을 처음에는 몰랐다.

이 책의 첫 문장은 이렇게 시작한다.

'연어라는 말 속에는 강물 냄새가 난다.'

이 문장은 이야기의 길이와 스케일을 제 스스로 가두는 실패의 문장이다. 이야기는 이런 식으로 시적 직관에 기대어 시작하는 것이 아니었다. 하지만 한계가 더러는 힘이 되기도 하고 무기가 되기도 하는 법.

나는 우선 연어라는 말이 붙은 글이나 책을 손닿는 데까지 찾아서 읽기 시작했다. 연어의 생김새는 주둥이가 앞으로 볼썽사납게 튀어나와서 못생긴 어류 중의 하나로 손꼽을 수 있을 정도다. 그러나 연어에 관심을 가질수록 나는 알고 싶은 것들이 자꾸 많아졌다. 모든 사랑은 이렇듯 집착으로부터 파생되는 것인가 하는 생각도 들었다.

연어의 생태 연구 논문과 연어를 물속에서 근접 촬영한 사진집, 그리고 비디오 속의 연어 회귀 장면들은 내 상상력을 툭툭 건드렸다. 누군가 백화점 식품부에서 연어를 판다고 귀띔을 해 주기도 해서 달려가 봤더니 유감스럽게도 좌판에는 알래스카산 연어가 토막 난 채 손님을 기다리고 있을 뿐이었다. 나는 우리나라에서 연어가 돌아오는 곳 중의 하나인 강원도 양양의 남대천으로 금방이라도 달려가고 싶었지만, 상상력의 틈을 조금이라도 넓혀 보자는 속셈으로 다음 기회로 미루기로 했다.

연어에 마음을 쏟기 시작하면서 나는 집 안의 거실에다 제법 큼지막한 어항을 하나 사서 들여놓았다. 우리 하천에 사는 민물고기들을 통해 연어를 머릿속으로 그려보고 싶어서였다. 나는 가까운 산골짜기의 웅덩이나 개울로 가서 몇 마리씩 파닥거리는 것들을 날라 오게 되었는데, 얼마 지나지 않아 우리 집 어항은 괜찮은 우리나라 강물의 한 도막을 옮겨다 놓은 모양이 되었다.

나는 그 강물 속을 들여다보면서 어느 책에선가 읽었던 한마디 말씀을 떠올렸다.

'물고기는 위에서 보지 말고 옆에서 봐야 아름답다.'는 말.

물고기를 위에서 보면 그것을 잡고 싶지만 옆에서 보면 그런 마음이 없어진다는 것이다. 정말 그랬다.

물고기를 옆에서 보면 그것의 예쁜 몸짓뿐만 아니라 마음이 들여다보이기도 한다.

물고기의 마음을 내가 들여다보는 동안, 물고기도 내 마음을 읽고 있을 것 같은 즐거운 착각이 삭막하기 그지없는 나를 가득가득 적시곤 했다.

물고기를 위에서 보면 그저 붕어이겠거니 하고 여기던 것들이 내 눈앞에서 새로운 붕어가 되고, 잉어가 되고, 칼납자루가 되고, 줄납자루가 되고, 각시붕어가 되는 것이었다. 그리고 그저 피라미겠거니 하고 여기던 것들이 새로운 피라미가 되고, 갈겨니가 되고, 왜몰개가 되고, 줄몰개가 되고, 버들치가 되고, 꺽지가 되고, 돌고기가 되는 것이었다.

나는 실로 많은 물고기들의 이름을 알게 되었다. 이름을 안다는 것은 그 존재의 형식을 아는 것뿐만이 아니라 존재의 내용과 존재 이유까지를 알게 된다는 뜻이다.